ネコシェフと海辺のお店

標野 凪

角川文庫
24026

こよろぎの　磯立ちならし　磯菜つむ
めざしぬらすな　沖にをれ浪
（古今和歌集　巻第二十東歌一〇九四）

目次

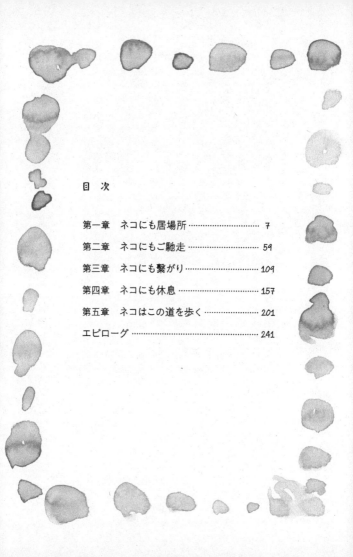

第一章
ネコにも居場所

寒い朝のことでした。日射しらしきものが見当たらないどころか、白と灰色のマーブル模様が広がる空では、一面を覆う雲がパチッとまばたきでもすれば、その割れ目からすぐにでも冷たい雫《しずく》が落ちてきそうな気配です。しかもそれはおそらくは、雨というよりも、雪混じりの霙《みぞれ》に近いのではないでしょうか。

ひとけのない浜辺では、打ち寄せる波の音が絶えずざあ、ざあ、とあたりに音を響かせているのですが、その波を飛ぶようにしながらうまく避けて、一匹のサバトラ柄のネコが走り過ぎました。

「おおい、ネコや」

どこからか声がしたかと思うと、浅黒い肌に深い皺《しわ》が刻まれた初老の男が、ポリバケツを手にゆっくりと浜辺を歩いてきます。

「ほれ、今日は珍しいのがあったぞ」

そういって、一匹の魚をネコの足元に放ります。サバトラネコは一瞬たちどまり、投げられた魚に用心深く近づき、鼻をひくつかせたあと、器用に咥《くわ》えて、すっと走り去っていきました。

「昔は北の深海魚だったけどな。最近じゃあ、こっちでもたまに釣れるっていうんだから驚いちまうな」

語尾をくっと上げる癖のある口調で、誰に話すともなくそんなことを呟《つぶや》き、漁師の男は、来た道を戻っていきました。

「おお、さぶっ」

吐く息がぼわっと白く煙り、やがて細く流れて消えてゆきました。

「寒い……」

その頃、都心のマンションの一室で、自分の体をいだくように、両方の腕を体の前で交差させ、同じように白い息を吐いている女性がいた。

ネルのパジャマにフリース素材のカーディガンを羽織った西脇《にしわき》千晶《ちあき》は、エアコンのリモコンを取り上げながら、ダイニングテーブルの上にさっと目を走らせる。先週迎えた四十歳の誕生日に、夫の涼馬《りょうま》から贈られた五本の薔薇の花が、ガラス製の花瓶に挿さっていた。

深紅の色が、暗い部屋の中でいやにギラギラと目立っていて、思わず千晶は目を逸《そ》らせた。

冷蔵庫のコンプレッサーが出すブーンという音が、余計にあたりの静けさを際立たせる。冷蔵室のドアを開けると、庫内灯の光とともに、冷気が流れ出てきた。千晶は自分の体がその冷気にからめ取られないよう、手早く食材を取り出した。

卵、葉野菜、トマト、ベーコン、納豆のパックに週末に作り置きした惣菜《そうざい》の入ったタッパーを三つ。取り出したタッパーの奥から、昨日スーパーの特売で買った明太子のパックが顔を出す。頭で考えるよりも先に手が器用に動いていく。家庭を持ってから十八年の歳月が、千晶の体を迷いなく動かしていく。

ブーン。

ドアを閉じても振動を感じるほどに響いてくる音に、耳を塞《ふさ》ぎたくなるのをこらえながら、頭を二、三度大きく振った。

リビングに掛けられた数字のないシンプルなアナログ時計が、まもなく五時三十分を指そうとしているのを確認し、千晶は朝食の準備に取りかかった。

ごはんとおかずでしっかり食べたい夫と、サラダ程度で軽く済ませたい娘、それぞれの朝食。それに娘が持参する弁当があらかたできあがった頃には、薄暗かった部屋にもレースのカーテン越しに朝の日射しが届いてくる。生まれたての光の眩《まぶ》しさに背を向け、千晶は身支度を済ませるために洗面所に向かった。

ドレッサーの照明を点《つ》けると、鏡に映る顔が、蛍光灯の光に青白く照らされた。窪《くぼ》んだ目に影が落ち、目尻《めじり》には扇状の皺が無数に刻まれている。口元にかけてほうれい線が目立つのは、頬が若い頃よりもこけたせいだろうが、その一方で、顎《あご》のあたりで、ふくよかな肉が行き場をなくしたように垂れ下がっている。

学生時代は友人に羨《うらや》ましがられていた細く長い首は、貧相で筋ばかりが浮き出ているのに、肩や腕はいつしか見慣れぬ丸みを帯びていた。

上半身はもとより、下半身の肉づきは手をつけられないほどで、ウエストをマークしたスカートはここ数年ですべて手放した。

「吸い込まれそうだ」

顔を寄せるたびに、夫の涼馬がそういって覗《のぞ》き込んだ瞳《ひとみ》は、いまも変わらぬ光を宿しているだろうか。千晶は不安になって改めて鏡を見返すが、視力が落ちているのか、焦点がすぐには合わない。

襟元からパジャマの中にそっと手を入れてみる。冷たさにびくりとするが、そのまま脇から胸の上までゆっくりと移動させた。肉の落ちた胸元が、張りのない肌に包まれていた。

――二十代の肌はどんなだろう。おそらく滑らかに潤っているにちがいない。誰もがもれることなく年月を重ねれば衰えていくのだ。けれどもそんなことが自らの身に起こるなどとは、当事者はつゆとも思わずにいる。そしてその肌に手を這《は》わす涼馬も、それが永遠に続くのだと信じているのだろう。かつての私のように。私たちのように。

たたた、と階段を駆け降りる足音に、我に返る。ドレッサーの照明を消し、廊下を戻る。慌てたわけではないのに、スリッパの音が忙《せわ》しげに鈍く響いた。キッチンには冬の日射しが、低い角度で差し込んでいた。

「わ、豪華。明太子入り」

娘の梨央《りお》がキッチンカウンターに置いた弁当箱を覗き込んだかと思うと、日替わりにしている卵焼きの具に、手を叩《たた》きながら笑顔を見せる。

淡いグレーの容器にくすんだブルーの蓋《ふた》、左右に白い留め具のついた楕円《だえん》の樹脂製ケースは、弁当箱などと呼んでは申し訳ないようなおしゃれな代物だ。

「おはよう」

千晶は梨央に向かっていったん大きく顔を崩し、こういう習慣が皺を増やすのではないか、と慌てて口を窄《つぼ》めた。

「スタイリング、今日は上手にできたんじゃない？」

ストレートアイロンで整えた艶《つや》のある髪を千晶は眩しく眺める。中学生の頃からコテやヘアアイロンを使わせてはいたが、通っていたのは校則の厳しい中学だった。休日だけではなかなか道具を使いこなせるようにはならない。高校生になって、毎朝ブローする習慣ができたおかげで、梨央の腕はみるみる上達していった。

「うん」

梨央が顎の下ほどの毛先を外ハネにしたボブヘアを揺らした。

「前髪、もうちょっと軽くしてみたら？　そのほうが明るい印象になって似合うんじゃない？」

先日見つけた動画チャンネルで推していたヘアスタイルを思い出し、アドバイスしてみる。配信しているのは、ティーン誌でモデルをしている現役の女子高生だと謳《うた》っていた。

「今度、里中《さとなか》さんに相談してみよっか」

青山《あおやま》の裏通りにあるヘアサロンは、千晶の結婚前からの行きつけだ。里中は、当時からメディアにも登場していた人気美容師で、いまでは勤めるサロンの経営にも携わっているらしい。新規客だと二ヶ月以上先まで予約がいっぱいだが、千晶のような昔からの馴染《なじ》み客には、優先的に席を用意してくれる。

小学生まではキッズカットの専門店に連れていっていたが、中学入学と同時に、梨央も里中にカットをお願いしている。

「ほんと？　嬉《うれ》しいな」

無邪気に喜ぶ姿に、まだまだ親の助言が必要なのだ、と千晶は目を細める。

「眉《まゆ》カットも予約しておいたから、一段とおしゃれさんになっちゃうかもね」

あまり手入れしなくても整ってくれる千晶と違い、父親譲りの梨央の眉は、放っておくと左右がつながりそうなほどに毛深い。その上、眉尻が極端に落ちる下がり眉で、定期的に整えないと顔の印象が地味になる。

もちろん人の評価は見た目ばかりではない。けれど美容の知識を身につけるのに早すぎるということはない。

「それに……」

準備は万全に。この子には自分のような失敗をさせたくない。輝かしい道を歩ませたい。そのためにできる最善のことをしてあげたい。それが親の役目だ。

物心ついた頃からしばしば尋ねられる将来の夢、という漠然とした質問に対する千晶の答えは、テレビのアナウンサーになること、だった。当時は「女子アナ」と呼ばれ、芸能人のようにもてはやされる花形の職業だった。中高一貫の私立校では、六年間を通じて放送委員に立候補し、最高学年になると、式典の司会も任された。

進学した大学は、自主性に任せる校風だったせいもあり、三年次まで就活を焦らされるようなことがなかった。それにうっかりと甘んじていた自分がいけなかった。就活をはじめた時点で、すでにスタートが遅れていたことにようやく気づいた。

テレビ局を志望する学生は、大学入学時、場合によっては高校生の頃から局や専門学校が主催するマスコミ講座などに通って、技術を磨いていた。情報を集め、いくつかのコネクションを摑《つか》んでいる者も少なくなかった。千晶はテレビだけでなく、マスコミ系のいくつもの社にエントリーしたが、面接にすら呼ばれることなく、卒業を迎えた。

不採用の通知を受け取ると同時に、翌年の採用に「新卒」として挑むために、あえて留年をする人がいることも知った。学問のためではなく大学院に進学して年数を稼ぐやりかたもあっただろう。けれども千晶は自分の才能と採用レベルには、相当な距離があることがわかっていた。

卒業を目前に控えた三月、同級生が晴々とした表情で社会に出ていく準備をしているのを尻目《しりめ》に、自分もとにかく就職しなくてはと気が急《せ》いた。

業種を選ぶ余裕はなかった。たまたま駅ビルの入り口で見かけた募集広告に応募し、チェーンの花屋に採用が決まった。土日や祝日も勤務日となったが、わがままのいえる立場ではなかった。

ナチュラルな店舗のイメージも手伝い、女性らしくておしゃれな雰囲気を想像していたが、どんな職種であってもお金を稼ぐということは簡単なものではない。生花を扱う店内はどんなに寒い日でも暖房を入れない。夏場は尋常じゃないほどに設定温度が下げられていた。アレンジメントや花束を作るには技術を磨く必要がある。新入りの千晶は、足が冷えないように、ウールのレッグウォーマーを重ね、ぶくぶくに着込んだ姿で店に立った。陳列の手伝いや水替えと掃除が主な仕事だった。

冷たい水に手が荒れ、背の高さほどの枝ものを並べたり、鉢の移動を繰り返し、腰痛にも悩まされた。棘《とげ》や枝の先に突かれたのか、いつの間にか腕や指に血が滲《にじ》んでいたこともあった。

涼馬が客として訪れたのは、千晶がようやく小さなアレンジメントを任されるようになった頃だった。いかにも会社の使いといったふうで、

「五千円くらいの花束が欲しいんですけど」

と、慣れない場所に居心地が悪そうにしていた。

「ご用途はなんでしょうか」

接客した千晶が尋ねても、

「用途？」

と要領を得ない。

「ご送別とか、お祝いですとか」

異動の時期とは少しずれていたが、社用なら限られる。

「ああ、そういうことか。だったらええと、お見舞いというか……」

「病院にお持ちになるんでしょうか」

「根付く」の語呂《ごろ》が「寝付く」を連想させることから、鉢物を贈るのはタブーだ、というくらいの知識はあった。しかし、生花は困る、という病院もあることには驚かされた。花の香りが患者の症状によっては、不調をきたす場合もあるのだという。水替えの必要はあるのか、そもそも飾るスペースが確保できるのか。見舞いの花には特に気遣いが必要だ、と先輩から厳しく教えられていた。

「いえ。もう退院はしていて、自宅にいるんです。ただ、まだ出社はできなくて」

具体的な質問に安心したのか口数が多くなる。贈り先は部署の上司だという。足を複雑骨折し、自由に動けるようになるまでは、当面は在宅で仕事をすることになったそうだ。

「でも足以外はすっかり元気で暇だっていうんで、じゃあみんなで賑《にぎ》やかしに行こうかって」

上司の好みそうな本や家族への手土産の菓子を分担して用意することになった。くじ引きで彼が花を買う担当になったはいいが、花などこれまで買ったことがなくて困り果てていた、と頭を搔《か》く。

花屋に来る男性は、たいていはスマートでいかにも女性受けのしそうなものを手際よく選んだり気軽に相談してきたりする。それだけに、不器用な涼馬の姿が千晶には新鮮に映った。自分が先導して提案できるのも嬉しかった。

「それではお見舞いというよりも、むしろ退院のお祝いですね」

千晶がいうと、涼馬が無邪気な笑みを見せた。

「じゃあ、気持ちがぱあーっと明るくなるお花を選びましょうか」

上司の方の年齢や性別、雰囲気などをヒアリングして、いくつかの花を見繕っていく。淡いピンクのラナンキュラスやチューリップをメインに、白のレースフラワーや雪柳の小枝を交ぜて、柔らかいトーンに纏《まと》めていくと、

「なんだか魔法のようですね」

それまで花など興味がなさそうだった涼馬が目を輝かせた。

「魔法？」

「ええ、上司の雰囲気そのものです。会ったこともないのに、なんでわかるんですか?」

真顔で尋ねられる。微笑ましいほどに純粋だ。けれどもそんなふうにまっすぐに褒められて嬉しくないはずがない。心臓が高鳴るのを感じた。火照った顔が見られないように、俯《うつむ》いて、花を放射状に組んでいく。パチンというハサミの音を軽快に響かせて、枝を切り揃えた。

翌朝、市場から入荷された花の下処理をしていると、

「昨日はありがとうございました。上司、すっごく喜んでくれました」

と、涼馬が出勤前にわざわざ店に立ち寄ってくれた。

「喜んでいただけてよかったです」

小首を傾げると、

「花って人を笑顔にする力があるんですね。お見舞いに行ったくせに、僕までパワーもらっちゃいましたよ」

と感心したように頷《うなず》いていた。

それから涼馬はちょくちょく店を訪れるようになった。母の日に、姪《めい》のバレエの発表会の手土産に、といっていたが、嘘をつくのはあまりうまくない人だ。それが千晶に会うための口実であることは薄々勘づいていた。他のスタッフがいない日に訪れた涼馬が、

「大切な人に渡したいので、おまかせで作ってください」

と花束をリクエストしてきたときは、いよいよか、と緊張した。思えば他に渡したい相手がいたとしてもおかしくないのに、その時は妙な確信があったのだ。

千晶が自分が好きな白い花水木の枝だけで大ぶりの花束を作ると、

「こんなに無骨でいいんですか？」

と涼馬が拍子抜けしたように口を開けた。

「ええ。シンプルなほうが伝わる想いもありますよ」

といったのが背中を押したのか、

「これは僕からあなたへの贈り物です」

とその場で手渡された。太い枝が体にもたせかかってくるような感触と白い花からかすかに届いた甘い香りを、千晶はいまでも思い出せる。

結婚後も誕生日には毎年、花束を買ってきてくれた。結婚と同時に千晶は仕事を辞めたので、気軽に相談できる花屋がないのだろう、それでもスイートピーやかすみ草といった、通り一遍ながらも優しい印象のする花を選んでくれることが多かった。

はじめて薔薇《ばら》をもらったのは三年前の誕生日だ。

「なんかすごいね」

数十本の薔薇がぎゅっと密集するように束ねられた花束に戸惑っていると、

「たまには華やかなのもいいんじゃないかなって思ってさ」

結構高かったんだけど、奮発したんだよ、と自信に満ちた表情が、深紅の薔薇に相まって、涼馬が遠くに感じられた。花束に埋もれるように入れられた「Congratulations!」と金文字で印刷されたメッセージカードには、涼馬が通勤で使うことのない駅名の住所が書かれていた。包みを解いているうちに、茎に触れ、棘が千晶の指を赤く染めた。

「久しぶりにやっちゃった」

千晶が無理に作った笑顔を、足早に浴室に向かっていた涼馬は振り返って見ることもなかった。嘘は相変わらず下手だ。けれどもそれを咎《とが》める勇気が千晶にはなかった。


制服に着替えた梨央がダイニングテーブルに座ってまもなく、ワイシャツ姿の涼馬が姿を見せる。シックな濃紺のネクタイは、特別な日に着用するのだということを千晶はずいぶん前から気づいていた。おそらく一度その相手に誉められたのを、頑《かたく》なに信じているのだろう。茶碗《ちゃわん》に盛ったご飯に、ひき肉を甘辛く煮込んだ鶏《とり》そぼろをのせて口に運びながら、たったいま思い出したかのように、

「そういえば、今日、部署の子の送別会なんだ。遅くなると思う」

と不自然なまでに顔を上げずにいう。

誰の送別会？　転職なの？　それとも異動？　この時期にって珍しいんじゃない？

以前なら聞いただろう。けれども下手な嘘を聞くだけの無意味な質問をしても虚《むな》しくなるだけだ。千晶は、

「そっか。梨央は今日は塾の日じゃないでしょ。今晩はグラタンにしよっか」

と夫婦の会話には気にも留めずに、スマホの会話アプリに夢中になっている梨央に話しかける。

涼馬の好みに合わせ、夕飯は和食にすることが多い。でも千晶は醬油《しょうゆ》や砂糖の甘辛い味付けや出汁《だし》の旨《うま》みが染みたものよりも、バターやチーズをふんだんに使った料理のほうが好きだ。ＳＮＳで見かけるようなおしゃれな料理も作ってみたい。梨央に賛同を求めるが、

「あーごめん、心羽《ここは》が部活がやすみだっていうから、帰りにテスト勉強する約束しちゃったあ」

と、スマホの画面をこちらに見せる。会話アプリの画面では、にぎやかなスタンプが躍るように並んでいた。

心羽ちゃんは、何度かうちにも遊びに来てくれた千晶の友達だ。テスト勉強といいつつ、ファストフード店でとりとめのないおしゃべりをするのだろう。まるで自分と

雛菊《ひなぎく》のようだな、と昔を懐かしみ、そういえば雛菊は元気にしているだろうか、と中高時代の親友のことを思う。

　高校卒業後、学校は違えど、千晶と雛菊は似たような校風を持つ私大に進学した。偏差値も似たり寄ったりで、ふたりとも文学部を専攻した。

　ただ、大学卒業後間もなく家庭に入ってしまった千晶と違い、都内の中小企業に就職した雛菊は、就業後や休日を使って通った講座でグラフィックデザインを学んだ。転職をし、いまは中高年層向けの女性誌の制作に携わっている、と以前会ったときに聞いていた。

　書店でその雑誌を立ち読みしてみたが、掲載されている服や小物の値段にいちいち目を丸くしてしまった。

　コガネ持ちの大人たちが喜んで買ってくれるんだよね、と鼻を鳴らしていた雛菊は、独身のまま、ずっと休むことなくバリバリと働いている。卒業してから二十年近い月日が流れていた。

　同い年で、近しい環境で育ったはずだ。それなのに、こんなに大きな差が開いてしまった。

　――いったい私は何をやってきたんだろう。

千晶は、何もなしとげていない自分を顧みて、社会の役に立てていないことを恥ずかしく思う。目を落とした先の指がささくれ立っていた。手を広げると、指先から甲まで血管が浮き出ていて、いつになっても見慣れない皺《しわ》が広がっていた。

夫と娘が出かけ、朝食の後片付けを終えると、テーブルの上には深紅の薔薇の花瓶だけが取り残された。エアコンの室温に季節を勘違いしたのか、わざとらしいくらいに大きな花を開かせている。

ガラスの花瓶の底は、水が澱《よど》んでいた。千晶は花瓶ごと流しに持っていく。蛇口を捻《ひね》ると勢いよく水が流れた。花瓶から一本抜き出し、流水の下に茎を寄せ、茎の先に花切鋏《ばさみ》を入れようとして、手を止めた。水中で茎の先をカットすると、その瞬間に植物が水を吸い込む。水切りと呼ばれるこの処理は、花を長持ちさせるために必要な作業だ。

千晶はじゃーじゃーと流れる水音を前に、薔薇の茎を持ったままぼんやりと立ち竦《すく》む。花に罪はない。けれども、こんな我慢をいつまで続ければいいというのだ。漏らしたため息が震えていた。

気休め程度の水替えだけし、花瓶をテーブルに戻す。あと数日もすればこの花びらは散るだろう。そうすればまた日常の風景に戻る。それがたとえ上辺だけのものだとしても。平穏な日常に。

「お待たせー」

間延びした声に、スマホの画面でメッセージアプリをチェックしていた千晶が顔を上げる。待ち合わせ時間から七分ほど過ぎて地下鉄の出口にあらわれた雛菊は、足首まであるロングコートの胸元に手を置いた。

「忙しかった？　急な呼び出しごめん」

ファストファッションで買った黒のダウンジャケットにデニム姿の千晶が先に立って歩くと、コツコツとヒールの音が続いた。

「ちょうど入稿が終わったところだったから、いいタイミングだった。乗り換えで迷って遅刻。ごめん、ごめん」

地下鉄は苦手だとぼやく。

「都会でバリバリ働く人が、そういうこという？」

千晶は呆《あき》れながらも、こうして何一つ気兼ねなく話せることが、どんなに気が休まることかを実感する。

「乗り慣れない沿線は、全然わかんないね」

掻《か》き上げる髪の生え際が白くなっていた。お互いもう若くない。その分、雛菊には積み重ねてきたものがある。チャレンジはいつからだってできる。年は関係ない。けれどもそんな言葉は綺麗《きれい》事にすぎないと、颯爽《さっそう》とした彼女を見ていると思わずにはいられない。

駅前のショッピングモールのエスカレーターを上り、レストランフロアを歩く。

「中華でいい？」

「なんでもいいよ。まかせるー」

いつも判断や決断を迫られる場面が多いのだろう。千晶といるときの雛菊は、頭のスイッチを切っているように感じて、それがまた千晶にとっても嬉《うれ》しい。

朱色の提灯《ちょうちん》やタペストリーが飾られたエントランスをくぐる。ごま油の匂いのする店内はそれなりに混み合っていて、勧められるままテラス席に腰かける。長い髪をきゅっとひとつにまとめた小柄な店員から、ウールのブランケットを手渡され、膝《ひざ》にかける。

「気持ちいいねえ」

雛菊がくつろいだ顔で伸びをした。

「ちょっと寒いけどね」

屋外用のストーブがほのかな温《ぬく》もりを届けてくれている。オススメのマークのついたメニューを何品かオーダーする。

急に誘ったのに、「何かあった？」と聞かれないことがありがたかった。だから、

「最近どう？」

と、千晶のほうから尋ねた。

「相変わらずバタバタしてる。雑誌のリニューアルとかで、社内が色めきだっているよ」

人気の雑誌がリニューアルされることが、どれだけ大変なことで、雛菊がそれにどう関与しているのか、想像すらできない。

「雛菊はえらいよ」

素直な思いが口を突く。

「えらくなんてないよ。仕事だからやっているだけだよ」

——仕事だから。

そんな風にいえたらどんなにカッコいいだろうか。仕事らしい仕事をしたことのない千晶はそれだけでも羨《うらや》ましくなって雛菊を眩《まぶ》しく見る。

「私も何かやらなきゃな、っていつも思っているんだけどね」

思わず漏らす。

「仕事を？」

「うーん。花屋に戻るのは体力的に無理だし」

「寒がりの千晶がよく花屋で働いていたよ」

雛菊がけらけらと笑う。まだ入社して間もない頃、仕事帰りに、何度か花を買いに寄ってくれていた。

「だって、就活失敗しちゃったからね。仕方なかったんだよ」

口にすると、体の奥がキュッと締めつけられるような痛みが走る。二十年もの歳月が経っているのに、夢を失ったあのときから未《いま》だに立ち直れていない。

「まあ仕事にやりがいもあるけど、ストレスもこの年になるとそれなりに応《こた》えるよ」

「人間関係とか？」

「それはそんなに気にならないけど、対応に追われるとかかな」

昔は平気でできていた徹夜も、もう無理だと苦笑する。

「雛菊はもともとあんまり他人を悪くいったりしないもんね」

「っていうか気にならない。苦手な人はいるけど、嫌いって思えるほどの人はいないかな。そんな感情を持つだけ無駄」

自分のことで手一杯で他人のことまで気にしていられないのだ、とあっけらかんと話す。

「雛菊は、昔からそうだったよね。クラスで仲間はずれになっている子がいたりすると、かばってあげてさ」

転校生やひとりで輪に入れない生徒にも積極的に声をかけてあげていた。優しいじゃん、と茶化すと、クラスがギスギスしているのが面倒くさいだけだと、クールに話していた。その頃から彼女はちっとも変わっていない。

「千晶は毎日、何やってるの？」

聞かれた質問を繰り返す。

「何やってるんだろうね」

といってから、スマホをスワイプする仕草を見せ、

「家事やって、あとはこうやっているうちに一日が終わっているね」

なるほどね、と頷《うなず》く雛菊は、その間にどれだけのことを成し遂げているのだろう。

「でもさ、ほら見て。専業主婦でもみんなすごいの」

バッグからスマホを取り出し、インスタグラムのアプリを開く。目ぼしいアカウントをいくつか開いて説明する。

画面内の専業主婦たちは、毎朝、英語のテキストを開くことをルーティンにしていたり、いつかカフェを開業するために日々試作しているスイーツを紹介したりしている。ダイエットの成果や、ファッションの変遷で変われた自分のことを日記風に掲載

している投稿もある。

「なんか圧がすごいね。みんなどんだけ自分好きなのって感じ」

雛菊が一蹴《いっしゅう》する。

「上手に時間使っているなあって感心しちゃうんだよね。無為に毎日を過ごしている私と違って」

家族の食事もインテリアも完璧《かんぺき》で、ファッションに気を配り、自己実現のために学びも忘れない。

「でもさ、これがその人のすべてのわけないじゃん。この画像のこっち側はすんごいことになっているって」

爪を短く切り揃えた雛菊の人差し指が、画面の外を指す。

確かにそうかもしれない。見せている部分はある一面だけ。千晶だって、あのリビングの薔薇《ばら》の写真を撮って、〈夫から誕生日にもらった花です〉とキャプションを添えれば、知らない人は羨ましく思うだろう。実際のことは本人にしかわからない。それでも何もしていない自分よりはましだ。そう思うのに、何をすべきなのかがまったく見えない。

北風がぴゅっと吹き抜けていき、頰を撫《な》でる。

「冷えてきたね。そろそろ出よっか」

名残惜しいが、忙しい雛菊をいつまでも引き留めておくわけにもいかない。梨央も間もなく帰ってくる時間だ。

地下鉄の改札に続く階段の入り口で、

「じゃ、またね」

と手を振る。「またね」といえて、きっとまた会えると確信できる間柄がなんだかとても得難いもののように感じる。

乗り入れているJRの改札口に向かって千晶が歩きだそうとしたところで、雛菊が振り向いた。千晶の正面に回ると、ポンポンと力強く千晶の二の腕のあたりを叩《たた》く。そのまま何もいわずに、にこっと笑った。手を振って階段を降りていった。

「ありがとう」

後ろ姿に呟《つぶや》いた。

ふと冷たいものを感じ、見上げるとちらちらと舞うものがあった。

――雪だ。

慌てて階段を降りて雛菊を追う。改札の前に彼女の後ろ姿があった。「雪が降っているよ」と伝えようと駆け寄った時、こちらに気づいていない雛菊が、バッグから取り出したスマホを耳に当てて顔を伏せた。

それぞれの暮らしと時間がある。私もいつもの日常に戻ろう。きびすを返した。

老夫婦が経営していた惣菜屋《そうざい》が閉店したのは今年の夏のことだった。そのあとに、クイックマッサージとエステの店が入った。

駅から続くこの商店街は、千晶が暮らしはじめた十八年前には、個人経営のこぢんまりした個性的な店が多かったけれど、最近ではどこの街でも見かけるようなチェーンの飲食店やドラッグストアが軒を連ねている。

おそらく代替わりのタイミングで売りに出すか貸与したのだろう。新規で入居したそのエステのロゴも、どこかで見かけたことのあるものだった。

店頭でビラ配りをしていた女性の「簡単エステ、お試し価格です」の声に思わず立ち止まる。すかさず渡されたビラには、フェイシャル三十分のコースが二十パーセント引きで体験できる、と謳《うた》われていた。

――二十代の肌はどんなだろうか。

幾度となくよぎる言葉が頭を掠《かす》める。

人のスマホを盗み見する気はまったくおこらない。できれば知らないままでいたいことを、わざわざ探ってまでショックを受けられるほどに千晶は強くない。

けれども一度、涼馬が席を外している際に、起動したメッセージアプリが視界に入ってしまった。メッセージの内容よりも、相手のアカウント名とアイコンにしていた写真が目に焼きついてしまった。

アカウント名の「hitoe」に続いて並んだ数字は、おそらくその世代にありがちな生年だろう。計算するまでもなく、千晶よりひとまわり以上も年下だとわかった。おっとりとした顔立ちは幼く、千晶とは違うタイプだった。

わずか三十分のエステで二十代の肌を取り戻せるはずもない。受け取ったチラシを畳んでバッグに投げ入れていると、

「梨央ちゃんママ?」

声をかけられた。

「あら」

梨央が小学生のときにPTAの役員で一緒だった女性だ。確か息子さんの名前は累《るい》くん。紺色のワンピースに黒のコートを羽織った彼女の隣に、ブレザー姿の男の子が無愛想に佇《たたず》んでいた。

「え、累くん? 大きくなったわねえ」

母親の背より頭ひとつ分高い。小学生の頃の面影を探してもどこにも見当たらない。

「もう図体ばっかりね。ほら、挨拶《あいさつ》」

と促され、累がぺこりと首だけを動かした。

「梨央ちゃんは元気？」

累には三つ上に兄がいたはずだ。おそらくこの母親は、千晶よりも何歳か上だろう。念の入った化粧が皺《しわ》に食い込み、不自然に縒《よ》れていた。千晶は自分もあと数年もすれば、こんなふうになるのだろうと想像する。

「ええおかげさまで。あんまり勉強してくれなくて。お友達と遊んでばっかりで困っちゃうわよ」

実際、梨央は高校に入ってからの成績は芳しくない。このままだと志望する大学への学力に足りないのでは、と心配になる。

「うちもそうよ。だからいま、塾の集中講座の説明会に行ってきたところなのよ」

テレビコマーシャルでも見たことのある有名な進学塾の名を口にした。冬休みや夏休みを使って、合宿形式で行われる集中講座は、その塾のアイコン的なコースだった。けれどもそんな講座は、受験間際の生徒が行くところだと思っていた。まだ一年生の段階ですでに受験態勢に入っているのだ。千晶はまたもや遅れを取ってしまったのかと、身震いする。

さっきまで、おとなしくて覇気のない子だと思っていた累が、急に立派な少年に見えてきた。

「累くんは将来は何になりたいの？」

ＰＴＡで累の母親と一緒に編集を手伝った小学校の卒業文集には、ヒーローアニメのキャラクター名が書かれていたことを微笑ましく思い出していると、

「いちおう検事……」

とポツポツとした口調で答えた。

「弁護士じゃなく検事なんだって。テレビドラマの影響かしらねえ。すぐそういうのに感化されちゃうんだから」

恥ずかしいわあ、と口元に手を置きながら、累の母親がそれでも誇らしそうに笑った。

「梨央ちゃんは昔から局アナっていっていたわよね。その目標に向かって志望校も選ぶんだって聞いて、感心していたのよ」

「そうね。まあ、がんばっているんじゃないのかしら」

千晶は学校選びも前のめりで関わっているくせに、まるで他人事《ひとごと》のように構えているふうを装った。べたべたしている親子関係が恥ずかしく思えたからだ。

「でも梨央ちゃんは女の子なんだし、別にいいんじゃない？」

気楽でいいわよねえ、と悪気なく目を細める。そういう古臭い考え方がこうして日常的に会話にのぼることに千晶はげんなりする。時代は進み、政策も変わってはきた。

けれどもこうした言動がそぐわないことに、いわれて傷つくことがあることに気づいてもらえないのだ。愛想笑いを浮かべ、適当に相槌《あいづち》を打って別れた。

自分の望んだ職業に就けていたら、他人の成功を羨《うらや》んだり妬《ねた》んだりすることはない。ささいな言葉で傷ついたり憂いたりすることからも防御できたはずだ。自分が一心になれるものがあれば、夫の行動を気にしたり、娘の将来にやきもきして口出しすることもなくなるだろう。

女だから、歳だから……、そんな縛りから自由になれる日は来るのだろうか。千晶は見えない柵《さく》をかなぐり捨てるように、肩を回した。冷たい冬の風に当たって、耳の先が痛んだ。

ポケットに手を入れると、さっき貰《もら》ったクイックエステのチラシに触れた。このままではいけない、心の奥が落ち着かずに揺れていた。ずっと立ち止まっていても自分を蔑《さげす》むだけだ。もしできるのならば、もう一度追いかけてみたっていいじゃないか。来た道を戻った。

求職サイトで条件を入力していくと、驚くほどに候補が少ない。改めて自らの価値のなさを思い知らされ、千晶は途端に挫《くじ》けそうになる。

ナレーターや受付業務の募集はあれど、四十歳を過ぎた未経験者を相手にはしていない。マスコミから離れた職種でも、エクセルやワードといったスキルは当然求められる。学生時代に触った程度の経験しかない千晶が、サブスクリプションするような最先端のソフトなど扱えるはずもない。

半ば諦《あきら》めながらサイトをクリックしていくと、企業内の社内見学スタッフという募集を見つけた。週に数時間の勤務だが、一般の見学者を案内する仕事らしい。年齢制限もなく、未経験者でも可。主婦はもちろん、自営業やパートとのダブルワークも大歓迎とされていた。博物館や美術館などでギャラリートークをしてくれる学芸員や、観光地で数人の客を伴って歩くガイドを思い浮かべ、颯爽《さっそう》とにこやかに先導する自らの姿を想像した。

サイト内を緊張しながら進んでいくと、あっという間にエントリーできた。

千晶の就活時とは仕組みがすっかり変わっている。便利で無駄がない。感心していると、担当者から、すぐに返信があった。

〈ご応募いただきありがとうございます〉の文面に、かつて何度も受け取った不採用通知を思い起こし、体を固くする。しかし、そのあとには、面接に来て欲しい旨の詳細が書かれていた。

「やった」

意識することなく、千晶は両手を挙げていた。エステの効果はさほどではなかったけれど、メイクでなんとかしよう。ただクローゼットに面接にふさわしい服はない。自分はもう読み終えたから、と雛菊がくれた雑誌に目を通してから、明日《あした》、デパートに探しに行こう。こんなふうに心が浮き立つのはいつぶりだろうか。止まっていた時間が動きだしたように思えた。

「私、働いてみようと思って」

夕飯の片づけをしながら勢いづいて伝えると、スマホを眺めていた涼馬が驚いて顔を上げた。

「家計、厳しいのか？」

結婚してからずっと、涼馬の給料から家計費として毎月同じ額をもらっている。梨央の学費や特別な出費などはその都度、口座から引き落としてもらう。だから実際、涼馬の給料がいまいくらあるのか、貯金がどれほどなのか、千晶は正確に把握していない。

「時間もあるし。少しくらいは梨央の塾代の足しになるかもしれないし」

夢を捨てきれない、と本心を明かしたところで鼻で笑われるだけだ。たまたま先日会った、梨央の同級生の累のことを話題にする。もし家計に余裕ができれば、集中講座に通うことを検討してみてもいいのではないか、と提案する。

「でも何年も社会に出ていないのに、大丈夫か？　結構キツイぞ。家のこととの両立だってそうそう簡単じゃないだろうし」

さも社会に出ていることが偉いという口調に、所詮《しょせん》、専業主婦の自分はそう見られていたのだという事実を突きつけられる。家事を分担しようなどという考えも、さらさらないのだ。

「それにそんな熱心に塾に通わせる必要なんてあるか？　そこそこの成績で卒業できればいいんじゃないのか」

娘の将来にも、理解がない。

――見返してやる。

心に誓ったが、見返したい相手は世間なのだろうか。それとも涼馬なのか、涼馬の若い恋人なのか、あるいはかつての自分なのか、わからなかった。威勢ばかりが空回りしていた。

地下鉄を乗り継いで、事前にネットで調べておいた出口から地上に出ると、ビル群に日光が反射して窓ガラスが鏡のように光っていた。いつも見ている空なのに、家の近くで見るよりも青さを増しているように感じた。通り過ぎるスーツ姿の人たちが闊《かっ》歩《ぽ》する速度についていこうと、千晶も自然と背筋が伸びた。

久しぶりに緊張感のある空気に包まれ、これまでのまったりした湯水に浸《つ》かっていた日々を疎ましく思う。こうして社会の一員としてきびきびと働いている自分だって、あったはずだ。

横断歩道を渡り、白い外壁のビルに向かった。

受付の女性に、担当者の名前を伝え、いわれるがままにロビーのソファに座って待つ。たっぷりとしたクッションに腰が沈んだが、背にもたれるのはマナー違反だろうと、両足にぐっと力を入れた。

買ったばかりのネイビーのスーツに三つ付いているボタンを全部留めたほうがいいか、一番下は外したほうがいいのかといじっていると、「お待たせしました」と声をかけられた。

三十代前半くらいの若手女性社員が千晶の名前を確認する。小柄で引き締まった表情の彼女が、自信の漲《みなぎ》る背中を見せながら千晶の前を歩き、談話室へと案内した。

黒い革の椅子に座っていた白髪の男性が会釈をし、その隣の席に、姿勢を正したままに女性社員が腰かけた。

「どうぞ」

そういわれるまで椅子を引いてはいけない。体が覚えていた。就活時に学んだことだ。お辞儀をしてから着席した。

白髪の中年男性は、社内案内の担当部署の責任者だと最初に名乗ったきり、面接は主に女性社員が進めた。

彼女は早口で、まくしたてるように、仕事内容の説明を始めた。ぎすぎすした態度に、早くも疲れが出そうになったが、千晶はなんとか笑顔で頷《うなず》きながら聞いた。

「ええと、大学をご卒業されて働かれていたのが……」

エントリーの際にフォームに書き込んだ職務経歴書を見ながら面接が進む。勤めていた花屋の名前をいってから、

「そのあとは？」

と千晶の顔を窺《うかが》った。

「結婚を機に退職したので、それからは働いていません」

「そうでしたか」

困ったように顔を歪《ゆが》ませた。

主婦でも未経験者でも可だと書いてあったはずだ。それに応募した際のフォームにも職歴はしっかりと記入していた。面接に呼んだくせに、今さら無職の期間が長いことに難癖つけられる筋合いはない。

それでも千晶は、口角をきゅっと上げ、目一杯感じのいい笑顔を作り、

「学生時代はアナウンサー志望で、放送委員も長くやっていました。発声には自信が

あります」

とありったけのアピールをする。

するとそれまで値踏みするように黙って千晶を見ていた男性上司が、

「いやいや、そんな大層なものじゃないですよ。見学に来た一般の人たちを案内するだけですから」

と、宥《なだ》めるようにいって、わははと派手に笑った。それに釣られたのか、女性社員もプッと吹き出した。

「ええ、見学者はほとんどが学生ですから。どちらかといえば引率？　そんな感じですよ」

千晶が黙っていると、

「肩の力を抜いて、のんびりやってもらえたらいいんですよ」

上司がまだ頬に残った笑いを嚙《か》み殺し、そう続けた。

千晶は、最後に何かいうべきだと思い、

「採用していただけましたら、見学に訪れた方々が、御社の素晴らしさを感じていただけるよう、精一杯尽力いたします」

姿勢を正して発言したら、滑舌のいい明瞭《めいりょう》な声が室内に響いた。すると、女性社員が今度は慌てて手を左右に振り、

「社内案内は台本があるので、アドリブや自己流のアレンジとかはしないでもらいたいんですよね。もし採用になったら、一時間程度の台本を暗記していただくことになりますけど」

言外に四十歳の専業主婦のおばちゃんに覚えられるかしら？　というような侮りが感じられた。

一礼して会議室を出る。スーツのボタンは結局三つとも全部はめたままだった。

会社の玄関を出て、緊張が解けたと同時に、嫌な疲れに包まれた。面接中に鳴っては失礼だろうと切っていたスマホに電源を入れるが、着信はもとより会話アプリやメールも新しいものは一通も届いていない。

今日が面接だということは、涼馬も梨央も知っているはずなのに、どうだったかと気遣ってくれる家族もいない。輝いてみえたビジネス街が、ただの冷ややかな街並みに感じた。道ゆく人とぶつかりそうになって、慌てて避けた。あなたの歩く道ではないと、いわれているようだった。似合わない街にぽつりと取り残された千晶は、まるで森からはぐれて街に来てしまった狸のようだった。

迷子の狸が徘徊《はいかい》するかのごとく、どこへともなくぼんやりと歩みを進めていく。すぐに帰路に就く気にもなれない。

緊張していたせいで気にならなかったけれど、しばらく歩いてから、コートも羽織っていなかったことに気づいた。体がすっかり冷えていた。日は傾き、あんなに青かった空にも、どんよりとした雲が広がっていた。

東京の街はひとつひとつがとても小さい。煌《きら》びやかなビジネス街を少し進んだだけなのに、昔ながらの風情の残る商店街があらわれた。

屋根のある商店街に入ると、いくぶん寒さが凌《しの》げた。ここも自宅付近の商店街と同じだ。かつては活気があったであろうそこここも、シャッターが降りたままの店が多く、派手な照明に照らされた店の並びに目新しさはない。

今日は夕飯はどうなんだっけ。梨央はお友達の家に行くっていってたっけ、涼馬はどうせ遅いに決まっている。今朝も濃紺のネクタイ姿だったことを思い出す。

どこかで食べていこうかと、チェーンのカフェに入ろうとしたところで、スマホがメールの着信を知らせた。ようやく家族からかとバッグから出すと、画面には今さっき訪れたばかりの社名が示されていた。内容は見るまでもなく、不採用の通知だった。

――働く必要なんてないんじゃないの？

――女の子だからいいじゃない。

――そんな大層なものじゃないですよ。

頭の中で言葉が渦巻いていく。両手をこめかみに当てると、ブーンという冷蔵庫のコンプレッサーの音が混ざった。

　頭を抱えたまま、千晶はその場にしゃがみこんだ。やりきれなさが声になった。

「どうしたらいいのかわからない……」


「たら？　鱈《たら》ならあるよ」

　どこからか嗄《しゃが》れ声が聞こえ、千晶ははっと顔を上げた。

　たったいましゃがみ込んでいたはずの商店街があとかたもなく消え、あたりは真っ暗闇だ。遠くから、ざああ、ざあああという音が絶え間なく聞こえてきている。

　しばらくして目が慣れてくると、そこにはどこまでも続く砂浜と、その奥に波止場らしきものが見えた。

「ここ、どこ？」

　戸惑っている千晶の前に、一匹のサバトラ柄のネコがすっくと二本足で立っていた。

　千晶がまじまじとそのネコを見ていると、

「おい、どうなんだ。鱈、食べるだろ」

そのネコが深い緑色の大きな目をくっと寄せた。にわかには信じられなかったが、どうやらさっき聞こえてきた嗄れ声は、このネコのものだったようだ。

「ネコ、だよね。喋《しゃべ》ってるし。それに立っているね……」

この状況をなんとか把握しようと、目にした様子をぼそぼそと口にする。

おそらく夢でも見ているのだろう。ずっと疲れていた。心労によるストレスだ。働いていなくても、人間関係に悩まされていなくても、お金にそれなりのゆとりがあって家族もいて、一見幸せそうな人だって、ストレスを溜《た》めるのだ。千晶はいま、はっきりとそれを自覚していた。夢の中のネコが口を開く。

「そう。見てのとおり、俺はネコ。料理上手のネコシェフさ。あそこで店やっているんだけど、寄っていかないか？」

サバトラネコが振り向いた先には、さっきは目に入らなかった建物が海辺にぽつんとあった。ネコに従って近寄ってみると、それは店というよりも流木で組んだ軒先だけの掘っ立て小屋だった。釣り船にあるような裸電球がひとつ、ぶらんと吊《つ》り下がっていた。

「そこ、座んな」

上げた顎《あご》が指し示したひっくり返ったビールケースに、千晶はおずおずと座る。砂地にくっと食い込むような感触のあと、腰が落ち着いた。ビールケースの前には、分厚い一枚板でカウンターテーブルが作られているが、これも風雨にさらされた板が使われていた。

「鱈、っていったよな」

「え？」

聞かれて頭を捻《ひね》る。

「いってたよ、さっきあんた」

断言されて、千晶は今しがたの自分の行動を記憶の中から連れてくる。

確か面接のあとさびれた商店街を歩いていた。不採用の通知をきっかけに、これまで堰《せ》き止めていたものが溢《あふ》れてきた。それで思わず漏らしたのだ。「どうしたらいいのかわからない」、と。

「鱈ならでんぶにしてふりかけって手もあるな。ほぐした鱈の身を砂糖とみりんと酒で鍋《なべ》で炒《い》るんだ。空気を含むように混ぜながら、じっくりと弱火で、な」

はっと顔を上げた千晶に構うことなく、ネコが本来は前脚であろう右の手でぐるりと円を描く。

「ふっかふかでほんのり甘くってさ。炊きたてのご飯にかけると美味《うま》いぞ」

と喉《のど》を鳴らした。

ピンクに色づけした桜でんぶのご飯は、梨央が幼稚園の頃によくお弁当に入れてあげた。コロコロと喜ぶ笑顔が心に蘇《よみがえ》り、懐かしさに千晶は自然と口元が緩む。

「ん？」

するとネコのヒゲがピクッと動いた。

「いや待てよ、違うな。あんたは滋味深い和食よりも、もっと洒落《しゃれ》たのが食べたいんだな」

図星だ。ぎくりとする。

「なんでわかるの？」

「そりゃわかるさ。客の好みがわかんなきゃ、シェフ失格だからな」

湿り気のある鼻先がぷくっと広がる。

「じゃあ、鱈のブランダードでも作ってやるか」

耳慣れないメニュー名だが、ネコがいうにはフランスの南部地方の料理らしい。

千晶が食べてみたい、とぼんやりと呟《つぶや》いたのを合図に、サバトラネコは腕まくりするような仕草をした。朧《おぼろ》げな視界の向こうで、ピンと背筋を伸ばしたあと、徐《おもむろ》にまな板の上に魚を置いた。

家庭用のまな板からはみ出すくらいの立派な鱈は、表面が滑《ぬめ》っとしていて、大きなヒレがピンと立っている。目もぎょろっと大きい。スーパーの売り場で見かける切り身の姿や味から受ける地味さとはかけ離れていた。

するとネコ、「ここで一句」と呟くとこう続ける。

「品書の鱈といふ字のうつくしや」

天を仰ぎ、自慢げにふふんと口元を膨らませる。どうやら俳句のようだ。

「ネコシェフさんの自作の句？」

おそるおそる尋ねる。

「違わい。片山由美子《かたやまゆみこ》っていう現代の俳人の句さ。でもいいだろ。いよいよ冬が来たなあって実感できるようで。寒い季節の句なのに、あったかいんだよな」

なにやら風流なことを論じたあと、サバトラネコはしばらく悦に入っていたが、

「急がないと鮮度が落ちちまう」と慌てて調理に入った。

手際よく鱈を捌《さば》いていく。器用なものだ。骨や皮を取ってぶつ切りにすると、鍋に入れ、じゃがいもと牛乳を加えた。

汁気がなくなるまで煮込むと、鍋にマッシャーを入れ、柔らかくなったじゃがいもと鱈をペースト状にしていく。ふんっ、ふんっと荒い鼻息が聞こえてきた。最後に塩、こしょうで味を整えた。

「ほれ。パンに載せて食べるといいよ」

皿にはマッシュ状になった真っ白い鱈料理の横に、フランスパンが二切れ添えられていた。

まだ湯気が上がっているその料理、ブランダードに千晶はスプーンを差し入れる。綿菓子のようにふわふわだ。パンに載せてそっと囓《かじ》ると、口の中でたちまち蕩《とろ》けた。鱈のほくほくな食感とマッシュしたポテトが相まって、極上な一品になっている。淡白で特段印象にないイメージだった鱈に、こんな食べ方があったことに驚く。

「美味《おい》しい」

目を細めて呟く千晶を、満足げに見守っていたネコが、

「さて、俺も食うか」

調理の残りの鱈を手にしたかと思うと、千晶の前に腰かけた。千晶が唖然《あぜん》としていると、

「ああ、鱈の栄養はな、ネコにもいいんだ。ただ、食あたりを起こすこともあるから、生で食うのは要注意なんだけど、これは新鮮だからそのまま食えるのさ」

と、尻尾《しっぽ》をぶるんと振ってかぶりついた。

「シェフもお客さんと一緒に食べるのね」

おかしみがこみ上げてくるが、

「あ？　見てるだけにしろって？　そんなん無理だろ。俺ネコだぜ。我慢なんかしねえよ」

と言い放った。

「自分の気分の赴くままに生きる。そうじゃなきゃ、たった一度しかない今日なんだぜ、もったいないじゃないか」

千晶は骨まで綺麗《きれい》にしゃぶっているネコの言葉を繰り返す。

「気分の赴くままに……」

そう生きられたらどんなに素晴らしいだろう。けれども拭《ぬぐ》いきれないたくさんのしがらみがある。どうしたいのか、それすら分からない。自分のことなのに自分の行きたいところが見えないのだ。肩を落としていると、

「なあ、鱈《たら》ってむちっとしているだろ。大食いで太っちゃってさ、動きも鈍いんだ」

千晶は気にしていた中年太りを指摘されたようで恥ずかしくなる。

「何でかわかるか？」

「さあ」

苦笑いをする。腹や二の腕に脂肪がつくのは抗《あらが》うことのできない年齢のせいだ。

「こいつらはな、北の冷たい海の底で暮らすんだ」

鱈といえば北国の冬の魚。

「最近じゃあ、こっちでもたまに釣れるっていうんだから驚いちまうな」

と一瞬だけ、声の調子を変え、語尾を上げて話す。説明は続く。

「だから海の底の寒さや水圧からじっと身を守るためにこんな風にでっぷりとするの

さ。でもそうやって蓄えたものが鱈の旨《うま》みになるんだよなあ」

薄い舌が口のまわりを一周した。そのあと、丸めた前脚で数回顔を拭った。

千晶は残り少なくなったブランダードを嚙《か》みしめる。じんわりと伝わってくるのが鱈の甘みなんだと今さら気づく。

「この白い身がさ、雪国の風景を思い起こすだろ。そういう寒さに耐えたからこその味わいなのさ。わかるだろ」

ネコシェフが名残惜しそうに骨をしゃぶる。

「あんたもさ」

いきなり千晶に話題がふられ、びくりとする。

「なにかしら？」

「だからあんたもさ、必死に守ってきたもんがあるんじゃないか？」

平穏な家庭に娘の成長。でもどんなに千晶が守ろうとしても、すればするほどそれは指の間からするするとすり抜けていってしまう。

「結果は知らねえよ。けどな」

ネコシェフはいつの間にかすっかり空《から》になった皿をじゃーじゃーと水を出して洗っている。

「むっちりと蓄えてきたものは、きっとなんらかの旨みになっているはずさ」

鱈という漢字は魚偏に雪と書く。一点のくもりのない「雪」は、足跡や泥ですぐに汚される。けれどもまた新しい雪が降り積もれば、それは瞬く間にまた美しい白さに戻る。そしてそれはやがて春がくると同時に消え、力強い大地を見せる。

季節が繰り返すように、家族の形は何度でも何度でもやり直すことができる。そう思いたい。

「もう一品作ってやろうか」

考え込んでいた千晶を見守っていたネコが、フライパンに貝を入れ、ジュッと音をさせて白ワインを注いだ。

「アクアパッツァ？」

尋ねると、ネコがぶるんと首を振って、鍋《なべ》に生クリームを注ぎ込む。

「こんな寒い日は、あったかいスープに限るだろ」

ほいっと手渡されたスープ皿からは湯気が立ち上っている。ほかほかのミルクに貝や野菜が頭を沈めている。

「あ、クラムチャウダー」

「おおかたのクラムチャウダーはアサリを使うけどな。今日は北国の貝のホッキを使ってみたのさ」

貝の旨みが染み出たスープに、体の中がじんわりと温まった。

「これも雪のような白いスープね」

スープ皿にスプーンを差し入れながら千晶が呟《つぶや》くと、シェフが鼻をひくつかせた。

「ホッキ貝は肉厚で甘みが強い貝なんだ。カレーに入れても美味しいんだぜ」

北海道の苫小牧《とまこまい》ではホッキカレーが名物なんだそうだ。

「こいつも深い海ん中の砂底に潜って暮らしているんだ。動きもゆっくりだから、長生きできるのさ」

それはまるで小さな「家庭」という場所から一歩も出ずに生きている自分のようだ。けれども砂の中をゆっくりと移動する姿に、不思議と好感が持てた。そこが居心地がよく、自らの守るべき城なのだと、そう誇らしくいえるのなら、恥ずかしくも情けなくもない。

見ると、調理を終えたネコが、手際よく調理場を片づけている。やがて気持ちよさそうにあくびをした。きっとこのネコにとっては、この場所がこの上なく心地いい居場所なのだろう。

「俺はシェフだけどよ」

そういって、あくびを噛み殺しながらネコがふかふかの胸をポンと叩《たた》く。

「あんたはさしずめ船長ってとこか」

と続けた。千晶がぽかんとしていると、

「小さな船の船長。コックピットから指示を出す司令塔だな」

まるでひとりごとのように呟くと、顎《あご》をしゃくった。

家庭という名の小さな船。そこを切り盛りする主婦は船長。主体的に指示して、舵《かじ》を切って、目的地に的確に導く。居心地のいい幸せという場所へ誘《いざな》えるのは、船長の力量にかかっている。

千晶は自分のからだの奥から、新たな力が湧いてくるのを感じた。

「ネコシェフさんの言葉と美味しいお料理のおかげで、ささくれだった気持ちが少し落ち着いたみたい」

お礼をいうと、

「俺のせいじゃねえよ。答えはちゃーんとあんたのここの中にあったんじゃねえか？」

そういって、ネコはもふもふした自分の胸のあたりをさする。

「だって俺、ネコだぜ。気の利いた言葉なんていうわけないだろ」

照れ隠しなのか、ぷいっとうしろをむいて、店じまいをはじめた。千晶は席を立つ。

「お代を」

バッグに手をやると、

「金はいらねえよ。魚はどうせ漁師から貰《もら》ったもんだから」

といってから、

「けど、なんか置いてけよ」

「なんか？」

ネコの好みそうなものを想像する。ネコ缶でも持っていればよかったけれど、そんなものを携帯しているはずもない。困って顔を上げると、緑色のまん丸の目が、千晶の胸元をじっと見つめていた。視線の先にあるのは、千晶のネイビーのスーツのボタンだ。

「え、これ？　これでいいの？」

返事のかわりに長い尻尾《しっぽ》がぶるんと震えた。もうリクルートスーツを着ることはないだろう。千晶はこれからも必死で家庭を守っていく。それが幸せの正解なのかはわからない。けれども、そうであると信じていく。そういう自分でありたい。

千晶がボタンに手をやって、くっと力を込めると、ボタンはあっけなく外れた。手のひらにのせて差し出すと、ネコの前脚がにゅっと伸び、払うようにして床に落とした。カラカラと音がし、躍るようにボタンを追ったネコが、視界からふっと消えた。

あっ、と思ったときには、千晶は商店街の真ん中で佇《たたず》んでいた。カラカラする音は足元を転がる空き缶に、波の音は閉ざされたシャッターが風に吹かれる音に変わった。

「夢、か」

一瞬の白昼夢だ。千晶は胸元に目を落とす。スーツの第二ボタンが取れている。きっと知らないうちにどこかに落としたのだろう。あるいは今ごろ、どこかのネコの遊び道具になっているのかもしれない。けれどもその答えはどちらでも構わない。

〈面接どうだった？〉

スマホには夫と娘から同じ文面のメッセージが届いていた。

〈駄目だった〉

といったん打った文字を消し、

〈今晩はクラムチャウダー。食べたかったら、早く帰ってきて〉

と送った。

日常はこれからも変わりなく続く。それが千晶が選んだ道、自分で欲した人生なのだ。けれども、これからは過ぎ去った後ろを振り返るのではなく、ちゃんと前を向いていこう。ここが居場所。だから築き上げてきた家庭という船を守り操縦していく。船長としての責務を果たすために。

スマホをしまおうとしたら、メッセージが続けて二通届いた。梨央からだ。

〈今日のお弁当、超絶美味《おい》しかった〉

〈いつも感謝!〉

なにいってるの。肩を竦《すく》める。思わず込み上げてきて、慌てて顔を伏せる。

足元では、やっぱり空き缶がカラコロと転がり、シャッターが揺れていた。千晶はふっと口元を緩め、スーパーを探した。置いてある魚介の鮮度が高いといいな、そう願った。

第二章

ネコにもご馳走

佐々木単衣《ささきひとえ》はパソコンの前に座り、十二分割された画面と向かい合う。左上に映っている単衣の背景には、木々が立ち並ぶ緑の風景が広がっている。ネットで見つけたフィンランドの森の画像だ。顔色をよくするために仕込んだチークが、ちょっと濃すぎたな、と余計なことが気になった。

二年前に新たに開講したこのフィンランド語入門講座は、半年ごとにカリキュラムが更新される。継続講座にありがちなことだが、一クールだけで辞めてしまうひともいる一方で、途中のクールから新規参加する受講生もいる。

半年ごとに画面に並ぶ顔は微妙に変わっていく。最初の授業が、毎回、自己紹介からはじまるのはそのためだ。これまで習ったフレーズや知っている単語を駆使して、それぞれが順に発言していく。

「Olen opiskellut suomea kymmenen vuotta.（私はフィンランド語を十年習っています）」

順番が回ってきた単衣がそう答えると、画面に並ぶいくつかの目が大きく見開かれた。両手を合わせるジェスチャーで、驚きを表現している受講生もいた。

「わお、ヒトエ、もう十年になる？」

講師のフィンランド人が、流暢《りゅうちょう》な日本語で尋ねた。

「そうなんです。学習歴だけはいっちょ前なんですよね」

これがフィンランド語でいえたらどんなにいいだろうか。けれども日本語が堪能《たんのう》な講師に甘え、つい日本語で返事をしてしまう。

十年という月日に単衣は我ながら驚く。それなのに挨拶《あいさつ》程度しか話せない自分の上達しなさ具合に呆《あき》れる。

――十年か。

もうそんなにたつのか。そもそも望月《もちづき》との関係もどのくらいになるだろう。こんな日々をいったいいつまで重ねればいいのか。

「Minä olen opiskellut suomea kaksi vuotta. Kielioppi on vaikeaa, mutta mielenkiintoista.（私は二年です。フィンランド語は文法が難しいですが、面白いです）」

単衣よりもずっとあとに入った受講生の滑らかな発音を耳にしながら、大きなため息を漏らした。慌てて音声がミュートに設定されていることを確認した。

思い出す光景の単衣は、セーラーの制服姿だから、おそらく中学生の時のことだろう。放課後のクラスルームのざわめきが耳に蘇《よみがえ》る。

単衣の両脇に二人の生徒が立っていた。一緒に登下校していたクラスメイトだ。大人の目には、仲良しの三人組と映っていただろう。

そのうちの一人が単衣の左手を持ち、もう一人が右手を持つ。単衣を真ん中に、三人で手を繋《つな》ぐ構図が完成すると、単衣以外の二人がせーの、と声を合わせる。その合図とともに、そのままの体勢で廊下を駆けだし、速度を落とすことなく階段に突進する。「忍者遊び」と呼んで、当時、クラスの一部で流行《はや》っていた遊びだ。

両手を塞《ふさ》がれると、足が思うように運ばない。階段を早足で駆け降りる頃には、真ん中に位置していた単衣の足がもつれた。

単衣は腕に布製のレッスンバッグをかけていた。その手をいきなり取られて強引に走らされた。いじめ、ではなかったと思う。少なくとも彼女たちにその意識はなかったろう。遊びのひとつだったはずだ。けれども単衣にとってはそれが恐怖でしかなかった。

――いやだ。

心がそう思うと同時に足が竦んだ。階段の中ほどで膝《ひざ》をつくと、手にしていたレッスンバッグが階段を転がり落ちた。

バッグにはその日の朝、購買で買ったばかりの工作用ニスの瓶が入っていた。美術か技術家庭科の授業で使うためだったものか、あるいは催し物の作業に必要だったのかもしれない。いずれにせよ、母からもらった金で買ったそれが、割れて、バッグに染みを作った。

淡いピンクのバッグのそこだけが濃い赤になり、粘り気のある液体がべっとりとこびりついていた。ようやく自由になった両手で膝についた埃《ほこり》を払って立ち上がり、階段を一歩ずつ用心深く降りる。階段の下でひしゃげたようにつぶれていたバッグの持ち手を提げると、底でガチャガチャと嫌な音がした。

なにが可笑《おか》しいのか、単衣の両腕を取っていたクラスメイトがケタケタと笑った。

「また買ってもらえばいいじゃん。単衣の家はお金持ちだもんね」

そのうちの一人がいうと、もう一人がうん、うん、と首を縦に動かした。

「お父さん社長さんなんでしょ」

実家は祖父の代から続く街の電気屋だ。社長とはいえ、社員が二人いるだけの小さな会社だ。家族の暮らしよりも、大切なのは社員の暮らしを守ることだ。いまは店もたたみ、父は気楽な隠居暮らしをしているが、当時でも家族三人がなんとか生活していける質素な暮らし向きだった。とても贅沢《ぜいたく》などできなかった。

「社長ってさ、みんな愛人がいるんだってね。うちのお母さんがいってた」

昼メロの見過ぎじゃないのか、といまなら笑い飛ばせるだろう。休みもなく働き、お客さんからすぐに、といわれれば、夜中でも工事に出向くような父だった。小さな会社だからできる小回りのよさと、迅速な対応が自慢だった。愛人を囲える余裕があれば、迷わず客対応に費やすような人だった。

けれども、単衣は言い返すこともできず、底の一部分が変色したバッグを握りしめたまま、曖昧《あいまい》に笑うしかなかった。

――強くなりたい。

ただただ、そう思った。

語学を始めた十年前のあの頃も、単衣は妻子持ちの相手と付き合っていた。

ふたりで部屋にいるときに、フィンランドの食堂を舞台にした映画を観た。タイトルは知っていたけれど、実際に観たことはなかった。ネット配信されていた中から、余計な恋愛模様で居心地の悪さを感じながら鑑賞する心配もなさそうだ、と選んだまでだ。特段に思い入れがあったわけではない。

にもかかわらず、単衣はすぐに引きこまれた。映像の中では、日本人の女性がひとりで小さなレストランを切り盛りしていた。食器もインテリアも、それになんといっても映る風景のすべてが美しかった。

「素敵」

呟《つぶや》くと、隣にいたその男が、店主役の主演女優と単衣を見比べ、

「雰囲気が似ているんじゃない？」

といい、そうかな、と単衣は画面に顔を寄せた。瞬間、自分がその店に立っているような気になった。北欧の街で自分の店を持つ。彼女の凛《りん》とした強さが自分と重なった。こんな人生もあるのか。憧《あこが》れとなった。

オンライン上では、受講生の自己紹介が続いている。

「なんでフィンランド語を習おうと思ったの？」

という講師の質問に、

「北欧雑貨に興味があるから」

「ムーミンが好きだから」

「サンタクロースに会いたいから」

発言する受講生たちの夢を語る目が輝いている。そうだよね、わかるわかる、とまるで親のような気分で単衣は彼らを見る。

単衣が習いはじめた十年前も、みな、同じように目を輝かせていた。けれどもあの頃は、

「いつかフィンランドで暮らしたい」

とか、

「北欧に語学留学をしたい」

といったもっと具体的な「夢」や「希望」が飛び交っていた。隣国の戦争や感染症の心配もなく、自由に海外を行き来できる、そんな時代だった。

当時は、もちろんオンラインでの講義ではなかった。公共の文化センターの一室で、受講生は二十名弱。年齢も職業もさまざまな人たちが、週に一度、土曜の午後の二時間だけ、同じ場に集う。

大人になってからは習い事などしていなかった単衣にとって、仕事抜きで付き合える仲間ができたのは新鮮で、シンプルに楽しい、と思えた。

けれども年月を経るに従い、参加するメンバーは入れ替わり、次第に人数が少なくなっていく。それぞれの家庭の事情や仕事の都合、リアル講座がなくなってモチベー

ションが保てないことなどが主な理由だ。やがて単衣が所属していたクラスは閉鎖となった。

そのまま辞めてしまう人がほとんどだったが、単衣は同じ講師が受け持っていた入門クラスに入りなおした。そもそも何年も続けていたにもかかわらず、まったく上達していないのだ。復習がてら一からやり直すのもよかろう、と思ったのだ。土曜の午後がぽっかり空いてしまうのも不安だったからだ。

あらためてパソコンの画面に目を戻す。そこに当時からの受講生は見当たらない。仕事抜きの仲間は、もういない。

「ヒトエはどう？　お店は持てそう？」

画面越しに講師から尋ねられ、顔の前でとんでもない、と手を振る。あの頃単衣は、

「いつかフィンランドでカフェを開きたい」

と胸を張って夢を語っていた。参加していた受講生が、パチパチと手を叩《たた》いてくれ、夢が現実になるのもそう遠くないような気分になった。

けれども十年経っても、語学は一向に上達しない。英語でいえばいまだに中学一年生レベルだ。現地に旅行に行ったとして、欲しいものがちゃんと買える自信すらない。客商売などできるとは到底思えない。

問題は語学力だけではない。入国管理もかつてよりも一層厳しくなったと聞く。海外旅行すらままならないのだ。開業や移住など不可能に近い。

それに……。

単衣は現実に戻って、やりきれない気持ちになる。十年前もいまも、相変わらずチェーン店の一スタッフだ。いちおう店長という肩書きのもと、一つの店舗を任されているとはいえ、経営に携わっているわけでもないし、バイトのシフトを回す以外は、負わされている責任も少ない。

コーヒーはマニュアルどおりにマシンで淹《い》れるだけだ。スイーツは契約している業者から仕入れている。カフェ運営の知識も技術もない。貯金もたいしてない。海外どころか日本国内ですら、店など持てるはずもない。

十年間、「夢」といいつつ、それを叶《かな》えるための努力をしてこなかった。絵空事を、気持ちの赴くままに口にしていただけだ。そしていまとなっては、そんなことを「夢」としてすら語ることはできない。

いったい何をやっていたんだろうか。情けない自分を思い知らされ、いたたまれなくなる。

「うーん。忙しくて……」

返事を待つ講師に、画面越しに頭を掻《か》いてみせ、

「今クールこそは、もっと真面目に勉強します」

自虐的に肩を竦《すく》めると、画面上に並ぶいくつかの顔に朗らかな笑みが広がった。

輝くような夢を語る受講生に、十年間勉強してもモノになりませんよ、そう伝えたかったけれど、それを言葉にする語学力は持ち合わせていなかった。

「お待たせしました次のお客さま、ご注文どうぞ」

ざっと見たところ、オーダー待ちでレジに並んでいるのは八人程度か、オーダーを終えて、カウンター前でドリンクとフードの受け取りを待っているのが四人。レジ前が混み合ってきた。

「カフェラテのミルクって豆乳に変更できますか?」

メニューに目を落としたまま、客が尋ねる。

「はい、できますよ」

さりげなく、単衣がソイラテと書かれたあたりを指さすと、

「じゃあ、それを。あとケーキの……」

レジ横のケーキケースを覗《のぞ》く。

「ケーキってこれだけですか？　桜のモンブランがネットに載っていたんですけど……」

季節限定のモンブランは人気メニューだ。だいたい十五時ごろには品切れになってしまうが、今日はことのほか早く、昼過ぎには完売してしまった。

「申し訳ございません。桜のモンブランは本日品切れでして」

単衣が答えると、

「そっかあ、残念」

二十代後半くらいと思《おぼ》しきチャコールグレーのスーツ姿のその女性は、顎《あご》に手を置いたまましばらく考えてから、

「じゃあ、ソイラテだけでいいです」

と、バッグからスマホを取り出した。

「ホットとアイスがございますが」のあとはサイズを聞く。流れるように注文を取って、キッチンスタッフに「Mホットソイラテ」とオーダーを伝える。

「お支払いは」

聞きながらもすでに単衣はポータブルの機械に手を置いていた。注文後にスマホに指を走らせているということは、バーコード決済だろうと想像がつく。案の定、決済会社の名前を伝えられ、差し出されたスマホの画面に即座に準備していたバーコード

リーダーを近づけた。

「ピピピ」

客のスマホからエラー音が鳴った。残金不足の合図だ。恥ずかしそうに肩を竦めた客が、

「すみません。やっぱり現金で」

と頭をさげた。

会計を終えて振り返ると、先週入ったばかりの学生バイトが、コーヒーカップに、豆乳を注いでいるところだった。泡立てた豆乳が、カップから溢《あふ》れそうに盛り上がっている。単衣はすかさずトレーで受け取り、客に渡すと、並んでいた次の客から、待ちかねたように、

「ブレンドのホット。小さいサイズで」

と口早に伝えられた。

急ぎ、カップにコーヒーを注いでいると、

「あのー、すみません」

入り口から女性の甲高い声が聞こえた。

「少々お待ちください」

カウンター客にコーヒーを渡しながら、声を張る。入り口前では、ベビーカーを押

した女性が、強い目でこちらを見ていた。

単衣は店内をさっと見渡す。空席はほとんどない。しかもこの店舗は、ベビーカーを置けるような余裕のある造りではない。スタッフもフードやドリンクの準備に手一杯だ。オーダー待ちの行列も伸びている。レジを離れるわけにはいかない。

「もう少々お待ちいただけますか」

顔を、入り口に向けると、

「ベビーカーが通れないんですけど」

と、苛立《いらだ》った声をあげた。

「ただいま満席でして」

単衣は客のオーダーを取りながら、入り口にふたたび顔を向けた。

子どもは社会の宝物、それはもちろん頭では理解できている。けれども、子どもを持つ母親は、誰を置いても優先させるべきなのだろうか。子どもを持ったことのない、そして持つ予定もない単衣には、正確に理解することができない。

ただ、この店、特にこの時間帯は、ベビーカーの入れる店ではない。それだけは事実だ。

十四時を過ぎ、ようやく人の波が落ち着いた。受け取られずに客から返却されたレシートが、カウンター脇に散乱している。雑多になったレジ前を整頓《せいとん》し、ふっと息を漏らす。こわばっていた力が抜け、肩がさがった。

「坂田《さかた》くん、豆乳泡立てすぎだから、気をつけて。それから真田《さなだ》さん、ホットドッグにはケチャップつけるかどうかちゃんと聞いてから渡してください。何度もいってますよね」

スタッフの鮎実《あゆみ》が、オペレーションの指導をしている。「はーい」というしまりのない返事が聞こえてきた。

「それにしても、今日、忙しいですよね」

コーヒー豆の補充をしながら、鮎実が単衣に同意を求める。

「年度末だからじゃない？　出社率が高いんでしょ」

客席のテーブルを拭《ふ》きながら、顔だけ振り向いて答えた。

ビジネス街の真ん中にあるこの店舗の客は、大半がスーツ姿のビジネスマンだ。一時期は閑散としていたこのあたりも、すっかり以前の景色を取り戻している。

「三月からは出社が基本って会社も多いみたいですもんね」

鮎実が口にしたその台詞《せりふ》は、昨夜、単衣が望月から聞いた言葉とまったく同じだ。

「まるでこの三年がすっかりなかったかのようだよね」

単衣は望月に返したのとあえて同じ言葉を選んで口にする。けれども鮎実はそんな

ことを意に介することもなく、

「ですよね。忘れ去られた三年」

と、前下がりになったボブカットを揺らして頷《うなず》いた。耳にキラリと光るピアスは、望月からの贈り物だろうか。そんなことが一瞬頭をよぎり、どうだっていいけど、そんな自分に舌打ちした。

単衣の働くコーヒーショップは、全国展開しているチェーン店だ。値段のわりにはコーヒーの味もフードもレベルが高く、忙しいビジネスパーソンには特に重宝されている。店舗は主にビジネス街の駅前やショッピングモールにあり、商用の打ち合わせや取引先との待ち合わせに使われる。仕事の合間の一服や食後の一杯にひとりで訪れる客も多い。

いずれも時間が限られた多忙な人たちだ。店側には的確な素早さが求められる。にもかかわらず、決済方法やポイント付与など、レジだけでも雑多なシステムがどんどん増えている。ピーク時は目が回るほどだ。

望月は以前この店の店長を任されていたが、二年前の年度末に、都内の別店舗に異動になった。かわりに店長になる単衣への引き継ぎのため、やりとりする機会が増え、親しくなった。やがて、スタッフの鮎実と交際していることも打ち明けられた。

「それじゃあ職場が離れちゃって寂しいですね」

単衣がいうと、

「かえってお互いホッとしている」

同じ職場で隠れながら交際するのは、それなりに気を遣うものだ、とわずかに顔を赤らめた。

気が合ったといえばそれまでのことだ。引き継ぎが終わっても、問い合わせや職場の愚痴を言い合うことを口実に、望月と単衣の付き合いは続いた。やがて関係を持つようになった。

望月にとっては、鮎実と職場が変わったことによる気の緩みがあったのだろう。けれども単衣にとっては、相手に「彼女がいる」ことが、はずみになった。

はじめて単衣の部屋に望月が訪れた夜、彼は体を重ねる前に、ぽつりと呟《つぶや》いた。

「鮎実、ごめんな」


十年前に付き合っていた妻子持ちの男は、西脇涼馬といっただろうか。当時、配属されていた下町の駅前にあった店舗の常連客だった。彼とは三年ほど付き合って別れた。

相手の妻は専業主婦だった。我々の関係に勘づいていたのかどうかは知らない。ただ、いつまでたっても平凡な日常が変わりなく続いている様子はなんとなく窺《うかが》えた。

単衣はそんな人生は嫌だ。

家庭を持ったとし、夫が浮気をし、それを非難もしない。一人で生きていけないのだ。別れるという選択肢を持つことすらできない、そんな弱い立場に甘んじたくない。

「家庭をもう一度ちゃんと守りたいんだ」

といって別れを切り出した男に、どうぞご自由に、とせせら笑ってやりたかった。

彼のスマホのロック画面では一人娘が無邪気な笑顔を見せていた。

誰にも依存しない、されない生き方をしたい。他の誰か、がいる相手との関係をつい選んでしまうのは、そういう呪縛から離れていられるからだ。いつもどこか俯瞰《ふかん》した立場を守れるからだ。

けれども、ことあるごとに望月から、

「単衣はすっごく仲のいい女友達だもんな」

と頭を撫《な》でながら念を押されると、これが自分が求めていた形なのだろうか、と疑いたくなる。恋人でも愛人でもない。いわゆる体だけの都合のいい女でもない。ただ気の合う、とてもとても仲のよい友達なのだ、と何度もいい聞かされる関係が。

『伊勢《いせ》物語』を読んだのは、高校の古文の授業だった。教材になったのは、筒井筒と呼ばれる段だ。

筒井筒とは井戸のこと。井戸端で遊んだ幼馴染《おさななじみ》の男女が大人になり、結婚する。しかし妻の親の死去により、暮らし向きが悪くなると、夫は愛人のもとにしばしば通うようになる。

それを咎《とが》めない妻を不審に思った夫は、庭の植込みに隠れて妻の行動を見張ることにする。すると妻、ひとり縁側で、

風吹けば沖つしら浪たつた山
　よはにや君がひとりこゆらむ

――風が吹くと白波がたつ龍田山《たつたやま》を、あなたはひとりで越えていくのだろうか。

と、夫を慮《おもんぱか》る歌を詠んでいるのだった。夫はそんな妻をいとおしくおもい、以後、女のもとには通わなくなった。

授業では、この段の原文を読み解いたあと、教師が生徒に意見を求めた。

通っていた高校はカトリック系の女子校だった。教師はシスターだったが、かつて

は結婚していたこともあるらしい、と噂されていた。

ある生徒がこんな発表をした。栗色の柔らかな髪を持つ子だった。他校の男子生徒からも人気があると評判になっていた。

「夫がこそこそと他の女のもとに通うのは許しがたいです。けれども私は、この妻のように、いつまでも夫を信じて待っているような女性になりたいと思います」

ぐふふ、と照れ笑いする生徒に、

「おお」

という歓声や、囃《はや》し立てるような拍手が鳴った。クラスのみながそれに賛同したわけではないし、発表した生徒のキャラクターに似合う発言に、場が湧いただけのことだ。

けれどもそれを聞いていた単衣は、苦々しい気持ちになっていた。裏切られても待つことが美徳とされている、それが許せなかった。もちろん当時と今は違う。けれどもそういう考えがずっと蔓延《はびこ》っていることに変わりはない。表面が塗り替えられても、躯体《くたい》が古ければ朽ちていく建物や道具と同じだ。

納得できないまま顔を上げると、なんともいえない表情を浮かべるシスターと目が合った。

この人も自分と同じ考えだ、そう思った。

彼女がかつて、どういう理由で離婚をし、シスターになったのかはわからない。けれどもそれが彼女の選んだ「自立」の道なのだ、と悟った。

妻や彼女という立場に甘んじてのうのうと暮らす。男の庇護《ひご》のもとに生きるなんて弱い女の生き方だ。子どもを持って、それを盾にするのもダサい。待つだけの女になんてなってやるものか。自立する強さを携えていくのだ、と勇むそのときの単衣は、自分が甲冑《かっちゅう》を身につけた戦士になったように感じた。カッコいいな、自分。そう思えた。

パートスタッフの真田の夫が亡くなったと報《しら》せを受けたのは、東京の桜が開花したというニュースをネットで見かけた日のことだった。

入院中の夫の調子が芳しくない、とここ数日は仕事も早上がりしていた。真田はこの店舗でかれこれ六、七年近く働いているベテランスタッフだ。

「仲のいいご夫婦だとおっしゃってましたから、大丈夫でしょうかねえ」

カップがシンクの中で泡にまみれている。それをすすぎながら、鮎実がいう。

「大黒柱を亡くされて、先々も不安でしょうね」

単衣が答えると、

「お連れ合いは若い頃から病気がちだったそうで、入退院を繰り返していたみたいですよ。だからむしろ大黒柱は真田さんなんじゃないでしょうか」

新入りバイトの坂田が会話に交ざる。入店して間もないのに、すっかり馴染《なじ》んでいる。真田はここのパート以外にもいくつかの仕事を掛け持ちしていた、との情報も教えられ、自分がシフトに入っていない時間帯では、そんなプライベートな会話をするほどにコミュニケーションが取れているのか、と単衣はたちまち疎外感に陥る。しかし、

「今夜がお通夜で明日が葬儀だそうです。私は明日《あした》、非番ですから、店を代表して行ってきます」

店長らしく、キリッとした態度で、スタッフの顔を見回した。

なんとなくひとりで過ごしたくないな、と思っていたのが伝わったのか、その夜遅く、仕事を終えた望月が単衣の部屋を訪ねてきた。

「真田さんって知ってるよね、うちの店のパートの」

以前は望月も一緒に働いていたのだ。ご不幸の件を伝える。

「てきぱきした方だよな。早口で。たまに慌てすぎなんじゃないか、って思ったこともあるけど、真田は、客を回すのはうまいんだよな」

確かに真田は、自分の裁量で客への対応を判断することが多い。マニュアルどおり

でない接客に、最初は単衣も戸惑ったけれど、次第にそれが彼女のやりかたであり、かえってスムーズに進む方法なのだと教えられることもあった。いくつもの仕事を掛け持ちして家計を支えていたようだとバイトの坂田から仕入れたばかりの情報を伝えると、

「そっか。だからあんなに手際よく気働きができるんだなあ」

感心する望月に単衣も頷《うなず》く。考え方が近い。多くを語らずともお互いが理解し合える。そんな安心感が、単衣が望月から離れられない理由なのだと、こうした折に勘づかされる。

それなのに、独自のやりかたが気に入らないのか、真田は鮎実にはよく注意をされていた。

「真田さんって一辺倒じゃないんだよね。融通が利いて、感心しちゃう。雑なんじゃないかって注意されていることもあるけど、頑《かたく》なにマニュアルを守るだけが正解じゃないのにね」

真田を誉めながら、遠回しに鮎実のことを非難してみる。

「鮎実がきつく当たってるだろ。あいつ頑固だからなあ」

敏感に反応される。こっそりと告げ口している自分を恥ずべきなのだろうか。単衣は意地悪な表情が顔に出ていないかと用心しながら、次の言葉を待つ。

「たまに鮎実といると疲れちゃうことがあるんだよな。だから単衣といるとホッとするよ」

そっと肩に手を置かれた。温《ぬく》もりを感じながら、思わず余計なことを口走りそうになる。一緒にいて疲れるような相手とは別れたら？　私とだったら、いつも穏やかに過ごせるよ、と、柔らかな笑みを作ってみせたくなる。

けれども代わりに、

「私、店長だし、明日のお葬式に行こうと思って」

と抑えた口調で切り出す。

どこかで望月と一緒に、という気持ちもあった。けれども、

「繁忙期だからなあ。抜けるのは難しいな。お悔やみをあとで送っておくよ」

温かな眼差《まなざ》しを向けたまま、やんわりと断られる。

「私が代理で渡しておこうか？」

と誘導しても、

「単衣が僕の言付けを伝えたら、おかしいだろ」

苦笑して首を横に振った。さすがに社内での恋愛に慣れているだけのことはある。

「匂わせ」ないように細心の注意を払う。そこまでして頑なに隠し通したいほどに、鮎実との関係を守りたいのか。胸の奥が寒そうに震えた。もう春なのにな、と、諦《あきら》め

とともに俯瞰《ふかん》している自分もいた。

翌朝、望月がまどろんでいるうちに、ベッドから這《は》い出して、身支度をする。

仕事のときはお団子にまとめている髪を、今日は派手にならないよう、肩先でひとつにゴムで結えた。化粧も薄いせいか、あまりに貧相にみえ、イミテーションパールの小さなピアスを着けた。

前髪を整え、黒のワンピースに袖《そで》を通す。背中に手を回してファスナーをしめた。すると、上げたばかりのファスナーが、まるで自動扉のように、すーという音とともに下がった。振り向くと同時に、寝起きの望月に抱きすくめられた。

「綺麗《きれい》だよ」

耳元に生温い息がかかった。

喪服は女性を魅力的にみせる、と聞いたことがある。単衣は小さく首を振ったまま、しばらくじっと佇《たたず》んでいた。あと少しで言葉がこぼれ落ちそうになった。

——ねえ、私のこと好き？

決して聞いてはいけない、口にしてはならない言葉。

私たちの関係は恋愛で成り立っているものではない。あくまで友達。とてもとても仲のいい友達。けれどもいつかその関係が変わることがあるのだろうか。望月が鮎実と別れたら、選挙の繰り上げ当選のように、次はその位置に単衣が入れるのだろうか。

――私と恋人になる気はあるの？

しがらみはいらない。だから選んだはずだ。それなのに人間は欲深い。もっともっと、と求めるものに終わりがない。この人となら、もしかしたら依存ではない理想的な関係が築けるかもしれない、とありもしない想像に胸を膨らませる。

単衣は黙ったまま、すっと望月の腕から抜け出す。下ろされたファスナーを自らの手で上げた。髪が乱れていないか確認し、スカートの裾《すそ》を整える。

「行ってくるね」

出る時にポストに入れておいてと伝え、鍵《かぎ》を手渡す。

地下鉄の改札を抜け、地上に出ると、駅前にシンボリックに生える一本の木を、数人が取り囲んでいた。揃ってみな、木を見上げ、スマホのカメラを構えている。

桜、だ。

取り囲まれた桜の木は、どことなく恥ずかしげに、小さな蕾《つぼみ》を綻《ほころ》ばせていた。ネットニュースの画像にアップされていた桜と違い、開花、とまではいい切れない様子だったが、儚《はかな》げな薄桃色が、枝の合間から顔を覗《のぞ》かせていた。

斎場の地図をスマホでチェックしながら歩いていくと、真田家の名の入った案内板が見えてきた。矢印に従っていくと、ほどなくして会場にたどり着いた。入り口には大きな立て看板が置かれ、一礼をして敷地内に入ると、白と黒の幕を配した受付に案内された。

記名し、お悔やみを渡し、会場に並んだパイプ椅子に腰かけようとしたところで、肩を叩《たた》かれた。

「佐々木さん」

振り向くと、前下がりボブの女性が会釈した。鮎実だ。

「今日のシフト、遅番に変えてもらったんです。真田さんとは私も長い付き合いなので」

シフトの変更は当人同士で了解が得られれば店長の許可を得る必要はない。事後報告で構わない。

「ごくろうさまです」

頭を下げられ、単衣も慌てて、

「きっと真田さんも嬉《うれ》しいと思うよ」

と、強張《こわば》った頰を緩ませ会釈した。

単衣の隣に座る鮎実に、服や頰に望月の匂いがついていないだろうかと全身に力が入った。さりげなく肩に手を置いて、彼の髪の毛が落ちていないかと探った。落ちていればいいのに、と思った。

お経がはじまる。

――さっきまで望月さんといたんだけどね、彼、今日は来られないんだって。

親族の焼香に続き、参列者が焼香をする。

――昨夜はうちに泊まってね。朝まで一緒だったんだ。

親しい友人からの弔辞が伝えられる。

――まだ私の部屋にいるかもね、さすがにもう出たかな。朝はずいぶんと寝ぼけていたけど。

最後に喪主をつとめる真田から参列者への挨拶《あいさつ》があった。

――出がけに引き止められて、困っちゃった。遅れたらどうしようって思うのに、なかなか離してくれないの。

単衣は葬儀の間中ずっと、鮎実にしゃべる言葉を心の中で呟《つぶや》いていた。鮎実が望月と交際していることなど知らないふりをして、自分が望月と付き合っているのだと宣言してしまおうか、単衣はそんなことばかり考えていた。

単衣はかつて付き合っていた妻子持ちの西脇のことを思い出す。

こんなことがあった。単衣の部屋を訪れた西脇が、いつになくそわそわと時計に目をやっていた。

「何かあるの?」

わかりやすい動揺のあと、

「実は今日、妻の誕生日なんだ」

いけしゃあしゃあとそんなことをのたまう男を腹立たしく感じながらも、理解あるふりをしてみせる。

「じゃあ、早く帰ってあげたほうがいいよ」

ベッドの下に散らばった服を手早くまとめて手渡すと、おずおずと、

「花をさ、買っていかないといけないんだけど。このへんに花屋ってあるのかな」

と、口ごもりながらシャツに腕を通す。尋ねているのか独り言なのか、あるいは何らかの言い訳のつもりなのか。いずれにしろ、単衣は呆《あき》れ果てているのが顔に出ないようにしながら、大通り沿いのフラワーショップを薦める。

素朴でささやかな可愛らしさよりもむしろデコラティブなアレンジメントが得意なのか、そのショップの店頭はいつもゴージャスに彩られていた。シンプル好きな単衣が好んで立ち寄る店ではなかった。だからあえて紹介した。そして、

「薔薇《ばら》がいいんじゃない? 真っ赤な薔薇」

単衣は可能な限り、感じのいい笑顔を作ってアドバイスする。

「薔薇？　派手じゃないかな」

気の弱そうな男だった。この男があの煌《きら》びやかな店で薔薇を買う姿を想像したら可《お》笑《か》しくなって、怒りを通り越し、哀れさすら感じた。

「赤い薔薇をもらって嬉しくない女性なんていないよ」

単衣は握りこぶしまでつくって見せた。

いそいそと部屋を出る男の背中に、単衣は密《ひそ》かに呟く。

――いまどき、赤い薔薇をもらって喜ぶ女性なんて……、どこにもいない。


真田に声をかけてくる、という鮎実を残し、斎場をあとにした。

心にあった言葉など、もちろん口にできるはずもない。けれども、もしいったとしたら鮎実はどんな顔をしただろうか。鮎実は自ら身をひくかもしれない。望月はどうだろう。怒って単衣との関係も終わりにするかもしれない。けれどもそれは早いか遅いかのことだ。ならば最後にぎゃふんといわせてやりたい。ふたりの関係をめちゃくちゃにしてから、ぽいっと捨ててしまおうか。

こんなことしか考えられない自分を、単衣はいい、とも悪い、とも判断できなかった。ただ仕方ない、と思うしかなかった。

駅前に着くと、あたりがぱあっと明るくなっていた。はっとして見回すと、朝方は蕾だった桜の花が、大きく開いていた。午後から気温が上がったのが、花の開花を促したのだろう。

西脇の妻の誕生日に薔薇の花束を薦めたときは、ざまあみろ、という気持ちでいた。男に、男の妻に、これまで自分を笑ってきた人々にも。腰に両手を置いて仁王立ちで、それらすべてを見下ろす気分でもあった。

単衣は堂々と咲き誇っている桜を見遣《みや》る。たった数時間でもこうして変化をしていくものもある。

けれども自分はどうか。十年もの月日を経ても、まったく変化がない。堂々めぐりのような同じ繰り返しを性懲りもなく続けている。いつの間にこんな嫌な人間になったのだろうか。誰かに楯突《たてつ》いて、心の中で悪態をついて。

「ごめんな」と大切にされる相手は自分ではない。誕生日に花を贈られることもない。それでいい。それがいい。その一方で頭をよぎる。これだって、結局は何かに依存している生き方ではないか。自立、ってひとり寂しく立つことじゃないはずだ。強い、ってそういうことじゃないはずだ、と。

黒のストッキングのふくらはぎのあたりに伝線が入っていた。位置をずらそうと手を置いたら、前につんのめった。

桜の木がさあーと風に吹かれた。乾いた声が口から漏れた。

「こんな自分からもう抜けだしたい……」


「たい？　鯛《たい》か。土鍋《どなべ》で鯛めし作ってやろうか？」

目の奥がくらくらしていた。どこからか嗄《しゃが》れた声が聞こえてきたのに気づくのに、少し時間がかかった。

さわさわと桜の木を揺らしていた音が、波の音に変わった。

「え？　海……かな？」

「そうだよ」

また嗄れ声が返事をした。暗闇の向こうに、一匹のサバトラ柄のネコが仏頂面をしていた。

意識が遠のく。転んで頭を打ったのかもしれない、と頭に手をやるが、痛みはない。

心の中が澱《よど》みすぎてしまって、見知らぬ地に連れてこられたんだ、と冷静に思っている自分に単衣は驚かされる。

記憶が飛んで夢を見ているのか、それとも事故に遭ったのか、でももうその判断はどうでもよくなっていた。もやもやした気持ちから逃れられたことのほうが嬉《うれ》しかったし、どうにでもなれ、とも思った。

単衣は夢の中ならいっそ楽しもう、とネコに声をかける。

「しゃべれるんですか」

すると、サバトラネコは、不服そうに鼻を鳴らし、

「お前ら人間は、ネコはしゃべれないって思い込んでいるだけだろ。頭ん中で勝手に決めつけてるんだ」

と断言した。

「思い込み……ね」

自立、依存、強さ、夢。言葉だけで輪郭を捉《とら》えてわかった気になっている自分のことを指摘されているようで苦笑する。

「おい、鯛めし、食うのか？　食わないのか？」

サバトラが詰め寄ってくる。

「鯛めし、美味《おい》しそうですね」

朝から何も口にしていなかった。食べられるものなら食べたいけれど、果たして夢の中でも堪能《たんのう》できるだろうか。

「じゃあ、寄っていけよ」

ネコが前脚で指したほうを見ると、波止場の脇に裸電球の灯《とも》った小屋があった。そのときになって、単衣ははじめて、ネコが二本足で立っていることに気づいた。

「あの…、あなたは」

「ああ、俺？　俺は料理上手のネコシェフさ。今夜は鯛が手に入ったんだけど、ちょうどいいところでオーダーが入ったからよ」

「オーダー、しましたっけ」

単衣が戸惑っていると、

「ほらあんた言っただろ、『鯛《あか》』って」

といったきり、ずんずんと灯りの漏れる小屋に向かって歩いていってしまう。単衣が慌ててついていく。どうやら、気が遠くなる前に呟《つぶや》いた「こんな自分からもう抜けだしたい」といったのが、オーダーと勘違いされたようだ。

「そこ座ってろ」

小屋の中はごくシンプルで、カウンターがわりの一枚板の前にひっくり返したビールケースがぽつんと置かれている。

キッチン、というか屋台の調理場のような簡素な造りの調理場に立ったネコが、まな板の上に、一匹の薄桃色の魚を置いた。鱗《うろこ》が裸電球の光を受けて、キラキラと輝いた。それを包丁の背でカッツカッツと音をさせて取っていく。すると、ネコがすうっ

と背筋を伸ばしたかと思うと、

「ここで一句」

こほんと咳払《せきばら》いした。

「俎板《まないた》に鱗ちりしく桜鯛」

情景をつぶさにしたためている見事な句に唸《うな》ってしまった。

「料理だけじゃなく、句作も上手なんですね」

感心する。

「違わい。俺の句じゃない。子規《しき》だよ、正岡《まさおか》子規」

そんなことも知らないのか、とあきれたように鼻を鳴らす。会話をしている間にも、鯛の鱗や内臓が取られ、下ごしらえが手際よく進んでいく。さすがにシェフと名乗るだけのことはある。いったん洗った鯛に塩をふり、しばらく置く。

「よいしょ」

足元からネコが重そうに土鍋を取り出す。飴色《あめいろ》に光ったぽってりと厚みのある土鍋に、洗った米、調味料とみじん切りした生姜《しょうが》を入れた。

「ほれ見てみろや」

塩をして出てきた水分を丁寧に布巾《ふきん》で拭《ぬぐ》った鯛を、バットに入れてほいっと、単衣に見せた。

下ごしらえされた鯛は、ほんのりと薄桃色をし、無駄なものを削《そ》ぎ落とした美しさがあった。

「綺麗《きれい》……」

「だろ？『たい』って漢字で書いてみろ」

そういわれて、頭を捻《ひね》る。

「多分、魚偏ですよね」

「当たり前だろ。聞いているのは旁《つくり》のほう」

スマホで検索しようとして、

「ここは、そんな機械使えないよ」

と一蹴《いっしゅう》されてしまった。

「確か、周、ですかね」

どうにか捻り出せてホッとしていると、ネコがうむ、と頷《うなず》いた。

「ほら、見てのとおりさ。どこから見ても美しい姿形、まんべんなく調和が取れているからこの字が当てられているのさ」

ネコはそういったあと、ひとしきりその整った姿に魅入っていたが、

「このまま丸ごと入れて炊きたいところだけど、あんた一人にゃ多すぎだよな」

などとぶつぶつ呟いて、尻尾《しっぽ》側の四分の一ほどのところに包丁を入れた。残りを土

鍋の米の上に丁寧に寝かせるように置き、蓋《ふた》をした。

「あとは炊くだけさ」

火にかけた。バットに残された一切れは、焼き網に載せた。

「鯛はな、余すとこなく使えるように、いろいろな料理があるんだ」

贅沢品《ぜいたくひん》だけに大切にいただこう、ということだろう。鯛の頭を使った鯛カブラ、中骨を使った障子蒸し、煮凝《にこご》りに潮汁《うしおじる》……。ネコシェフがレシピ名を暗誦《あんしょう》する。

「鯛なんてお寿司やお刺身くらいしか思い浮かばなかったですね。あとはお祝いの席の用途？」

単衣は自分が口にした言葉にぞっと身震いする。お祝い。和式の結婚式には鯛を塩焼きした「おかしら付き」が膳《ぜん》に並ぶのだろうか。決して自分が座ることのないひな壇を想像し、気持ちが澱んでくる。

そんな単衣にはお構いなしに、調理を進める。

「鯛めしには、潮汁。やっぱりこの季節なら蛤《はまぐり》だな」

頃合いの大きさの貝をガラガラと音をさせながら洗う。ぴゅーと土鍋が吹く音がし、ネコが慌てて火を弱める。ほどなくして、あたりにいい香りが漂いはじめた。

火を止め、蒸らしているうちに、蛤のお吸い物と焼き魚も仕上がった。単衣の前に土鍋が置かれ、ネコが徐《おもむろ》にふたを取ると、炊き立てのご飯と鯛の香りのする湯気が、単衣の顔にかかった。

「いい匂い」

思わず目を閉じて深呼吸する。いつも気が立っていた。仕事のときもひとりでいるときも、望月と過ごす時間すらも。

息を漏らしている自分が、いま、ようやく安心しているのだと感じる。

「自分でよそいな」

茶碗《ちゃわん》としゃもじが置かれた。

単衣が鯛の身をほぐしながら、茶碗によそっていると、ネコが焼きあがった鯛《たい》を、自分の手元にぽいっと置いたかと思うと、あちっ、といいながら口に放った。

驚いている単衣に、

「ああ、もちろんネコは鯛は刺身でも食えるんだけどな、ビタミンも豊富だし。でもこうして焼くのが俺は好みなんだよ。皮目のパリッとした食感、それになんってもほくほくした旨《うま》みがなあ」

などといいながら、嬉しそうにたいらげていく。

「あなたもここで一緒に食べるのね、シェフなのに」

つい笑いが漏れた。

ネコはこちらのいうことなど気にすることなく、

「骨だけは厄介だから、気をつけないとな」

と器用に骨を除いて口に運ぶ。美味《おい》しそうに食べる姿に、自分も、と単衣は鯛めしに箸《はし》を入れる。熱々のごはんに鯛の上品な旨みがしっかりと炊き込まれている。やわらかい鯛の身は肉厚で、皮の表面は張りがあり、中心近くはみずみずしさを残したままだ。

「美味しい」

思わず呟くと、ネコシェフが満足げに単衣を見た。

「桜鯛。この季節だけ、真鯛がそういう名前で呼ばれるんだ」

桜が咲くこの季節になると、体の色がピンクになるのが名の由来だそうだ。

「ふつう鯛っていえば真っ赤ですもんね」

調理前に見せてもらった淡い桃色の鮮魚を思い出す。

「産卵期を前にすると、赤からピンクに変色するんだ。メスは餌をたくさん食べるからで、オスは繁殖のためらしいけどな」

いずれも初夏の繁殖を前に体の色が変わるんだそうだ。

「子どもを産むため、ですか」

産卵前には栄養を蓄え、充実しているのだと聞くと、妻の座や母の座に君臨している女たちの揺るぎなさを覚え、単衣は眉《まゆ》を顰《ひそ》めた。

「出産のために力をつける必要があるからな、陸に近づいてきて餌に突進してくるんだ」

それを漁師たちが捕獲するんだ、とネコシェフが説明する。子どもを宿した母親の強さだ。なりふり構わない姿は、単衣がずっと毛嫌いしていたカッコ悪い生き方だ。ベビーカーを手に我がもの顔で歩く母親たちの姿を思い出して、苦々しい気持ちになる。

「だから美味しいっていわれちゃうと……」

虚《むな》しい。口をつぐむと、

「いんや」

ネコがぶるんと首を横に振った。

「さっきもいっただろ、鯛は余すとこなく食べられるって。それに加え、鯛は年中いつだって旨いんだ。オスもメスも産卵期もそうじゃない時期も」

「そうなんですか」

「桜鯛は春の季語だけどな」

足元に散らばってキラキラと輝いている鱗《うろこ》を見て、ネコが詠みあげた子規の句が頭に蘇《よみがえ》ってくる。春が訪れたわくわくした心持ちが伝わる句だった。

「けど、鯛そのものには季節はないんだ」

鯛は俳句に一年中使える珍しい魚なのだと、風流なネコシェフが教えてくれる。

「あんたさ、抜けだしたいってさっきいっていたよな」

ホタルイカの酢の物をちゃちゃちゃっと作って、差し出しながら聞いてくる。

「そうですね。ずっと成長のない自分自身に嫌気がさして」

「じゃあ逃げちゃえばいいじゃないか。嫌ならやめちまえばいいのさ、簡単なことさ。俺らネコは我慢なんかしないぞ」

「そう簡単にできたら……」

自由に生きてきた。それなのに思うようにいかない。逃げるのは簡単だ、と言葉ではいえるけれど、果たしてそうなのだろうか。

中学のあの頃に、「忍者遊び」を抜けだすことなんてできただろうか。その後に仲間はずれになる現実が見えているのに、嫌だから容易に逃げられるはずもない。それは大人になったいまだって同じことだ。

単衣は目を落とし、行き場をなくした疑問を埋めるように、ホタルイカを口に運んだ。瞬く間にすっと溶けた。

「口当たりがいい」

目を丸くしていると、

「ホタルイカはそのまんまでも旨いけど、ちょっとだけ下ごしらえするとな」

両手、というか二本の前脚を腰に置いて、胸の白い毛をこちらにずいっとみせた。

「下ごしらえっていっても、こんなに小さなイカをどうやって？」

気が遠くなりそうだけれど、ひとつひとつ目と口を取って、背の筋も取るらしい。

軽く湯《ゆ》がいて人肌に温めるのもポイントなんだと聞くと、なるほど、その一手間で、こんなに上品な味になるのかと納得させられる。

「手を抜いていた、かな」

調理のことではない。生き方だ。

単衣は強くなりたい、と願っていた頃の自分を思い出す。必死だったあのころと比べ、いまの自分はどうだろうか。丁寧な一手間を惜しんではいなかっただろうか。誰かに依存しないといいつつ、本当はどこかに守ってもらう場所を求めていた。自分自身が強くなるよりも、強い何かにもたれかかって文句ばかりいっていた。

「それにさ、抜けだすのは、いつだっていいんじゃないのか？　ほれ、鯛は一年中いつでも美味しいんだからな」

単衣は小さく頷《うなず》いて、蛤のお吸い物をすする。蛤がひな祭りのご馳走《ちそう》の席に出るのは、対になっている貝同士ではないと、隙間ができてしまうことから、末長く一人の伴侶《はんりょ》と、との願いが込められていると聞いたことがある。一生ひとりの人と添い遂げることが幸せの証《あかし》なのかと、つまらなそうに貝を弄《もてあそ》んでいると、

「また決めてかかっているな」

と、ネコシェフに顔を覗《のぞ》かれる。

「だってねえ、どっちを向いても、一生添い遂げるのが幸せの形だ、って。嫌になるのも仕方ないですよ」

単衣が口を尖《とが》らせて不満を漏らす。

「添い遂げる相手はもちろん結婚相手のことかもしれない。けれど、たとえば仕事の仲間、あるいは自分にとってコレっていうもの、自分だけのたったひとつの何か、ってことかもしれないぞ」

「私自身の相方、ですか」

単衣の問いに、ネコが頷くでもなく、

「あんただけのご馳走ってことさ」

と乾いた声を出した。

自分だけのご馳走。それは結婚や恋愛の相手ではなく、仕事や夢だって自らを幸せに導く「伴侶」になりうるんだ、とネコシェフがいってくれているのだ。

「世の中に絶えて桜のなかりせば　春の心はのどけからまし」

ネコシェフがまた和歌を呟《つぶや》く。

「あ、『伊勢物語』ですね」

散りゆく桜の花を憂いて、こんなに悲しいのならば、いっそ桜なんてなければいいのに、という在原業平《ありわらのなりひら》の歌だ。単衣が返歌を送る。

「散ればこそいとど桜はめでたけれ　うき世になにか久しかるべき」

業平の歌に対し、散るからこそ桜は美しい、変わらない世の中なんてないのだ、とそう『伊勢物語』の中では綴《つづ》られている。

「あんただけのご馳走は、逃げた先に見つかるかもしれないし、逃げ出さなくても見つけられるかもしれない。だって……」

「鯛《たい》はいつでもどこでも美味《おい》しい、ですもんね」

単衣が言葉を受けると、

「わかっているじゃないか。その答えはな、あんたの中にずっと前からあったんだよ。気づいてなかっただけでな」

ネコシェフはすっかり自分の分け前の焼き鯛をたいらげ、後片づけに入っていた。

「おいくらですか？」

席を立つ。

「金はいらねえよ。あんたが来てくれたおかげで、俺も久々に旨《うま》いご馳走にありつけたからな」

ネコは前脚で口元を拭《ぬぐ》った。

「いや、そういうわけには」

店長の単衣としては、無銭飲食をするわけにはいかない。

「じゃあ、なんか置いていけよ」

と単衣の顔をじっと見つめた。いや、見つめていたのは顔ではなく、耳元だ。手をやると、イミテーションパールのピアスに触れた。

「これ？　これが欲しいんですか？」

ピアスを外すと、ネコシェフは手のひらに載せたそれをさっとさらっていく。淡く輝く白い球とじゃれていたネコが、長い尻尾《しっぽ》を立てて遠ざかっていく。

「ご馳走さまでした」

単衣はネコの走り去って行ったほうにお辞儀をした。

目の奥がチカチカすると思って、顔をあげる。光っていたのは鯛の鱗ではなく、午後の春の日射しだった。駅前の桜は、いまが盛りと咲き誇っていた。

「散ればこそいとど桜はめでたけれ　うき世になにか久しかるべき」

つまらない経験ばかりを重ねてきた。けれどもきっとそれは無駄ではないひとつの成長だった、そうでありたい。そう思えれば、この先の変化すら楽しめるかもしれない。自分のご馳走は、自分で見つけるんだ。

近所のスーパーで、ホタルイカのパックが売られていた。まずは軽く水洗い。それからつぶらな目をつまむ。あっけないほど簡単に取ることができた。

案ずるより産むがやすし、だ。

その勢いで左手をそっと添え、背中に通る筋をすっと抜く。まっすぐで透明な筋は潔さすら感じた。

検索したレシピをスマホで確認し、空豆の薄皮を剝《む》いていく。ひとつひとつ手間はかかるけれど、難しい作業ではない。むしろ単純作業で頭がからっぽになる感覚がよく、夢中になった。

白ワインは冷蔵庫で冷えている。どうせならグラスも冷やしておこう。パスタがちょうど茹《ゆ》で上がったとき、タイミングよく部屋のインターフォンが鳴った。

「おー、いい匂い」

部屋に入るなり望月が息を吸い込む。

「あとはパスタと具を絡めるだけ。ワインでも飲んで待っていて」

冷蔵庫に手を添える。

「ご馳走じゃん」

ワインオープナーで器用に開栓する望月が笑顔を見せる。

「なんかいいことでもあった？」

単衣は、にっこりと笑いかけ、テーブルセッティングをしていく。空豆とホタルイカのパスタに、シーザーサラダ。卵と生クリームをふんだんにいれたキッシュは昼間にオーブンで焼いて、ほどよく冷めている。

席に着くと、単衣のグラスにもワインが注がれる。

「乾杯」

軽くグラスを合わせると、控えめにカチリと音を立てた。

「うん。爽《さわ》やかだね」

ひとくち飲んでグラスから口を離す。

「香りがフルーティ。青リンゴっぽい」

望月が頷く。

「はあ～」

と同時に天を仰いだのが可笑《おか》しくて、顔を合わせて笑った。

「ねえ」

単衣は望月の顔をまっすぐ見る。

「私、このまま待っていたら、あなたの彼女になれたりするの？　その可能性ってあるのかなあ」

一瞬驚いた顔を見せた望月が、静かにグラスを置いた。ゆっくりと首を横に振って、

「それは、ない。鮎実とは別れるつもりはないし、もしそうなっても、単衣はこの先もずっと友だちだ」

誠実な人だ、と思った。もちろん本当に誠実な人ならほかに女を作ったりはしない。だから狡《ずる》い人、なのだろう。けれども、いまはそうはっきりといってくれたことに、感謝した。

「うん。そうか」

単衣は言葉を切って、ワインをもう一口含んだ。

「じゃあ、今日でこうして会うのは終わりにしよう。そのかわり、今夜は思いっきり楽しもう」

望月はしばらくは納得のいかない表情を見せていたけれど、単衣が取り分けたパスタを口にして、目を丸くする。

「ホタルイカって美味しいんだな」

単衣が嬉《うれ》しくなって、イカの下処理の自慢をする。ワインが進んだ。

夜が明け切らないうちに、玄関で靴を履く望月に、まだパジャマ姿の単衣が見送りに出る。

「行ってらっしゃい」

まるで新婚の妻のようだ、と思って、そんなことなど望んでもないくせに、と心の中の自分が肩を竦《すく》める。

「うん」

わずかに寂しそうに頷《うなず》く望月に顔を寄せ、唇を合わせる。戸惑いを隠すことなく、けれども、望月は単衣を優しく抱き寄せた。

朝陽がゆっくりと部屋に流れ込んでくる。

早起きをしてしまったせいで、出勤までまだ二時間もある。

「今クールこそは、しっかり勉強します」

自分が口にした目標が耳に届き、

「さてやりますか」

本棚の片隅に追いやっていた語学の参考書と問題集を取り出した。まずは復習からだ。テキストの最初のページを開いた。

第三章

ネコにも繋がり

わかめ、ひじき、海苔《のり》に昆布……。

波打ち際を歩いていると、海藻や海にしか生えない草が採取できることがあります。

こうした食べられる草を「磯菜」と呼んだりします。

とある浜辺では、一匹のサバトラ柄のネコが、自慢の鼻を利かせ、それらをつぶさに見つけていっているのです。ネコを追いかけるでもなくうしろをゆっくり歩く漁師が、語尾を上げるちょっと癖のある喋《しゃべ》りかたで、暗唱するように、呟《つぶや》きました。

「昆布は素揚げにするといいな。てんぐさは火にかけて寒天になるな」

やがて自分の体長よりも長い打ち上げられたばかりの昆布を、サバトラネコが咥《くわ》えて引きずっていきます。波止場に向かうネコに、

「ほれ」

漁師が一匹の魚を放り投げました。

未使用魚。

形がいびつだったり、まとまった収量がまかなえずに市場に出回らない魚は、たとえ味がよくても、廃棄されるしかないのです。

エナゴとも呼ばれるオキヒイラギ、ヒラソウダ、小ムツなど、小さすぎる魚も調理が面倒だという理由で、スーパーなどでは敬遠されます。それらは「雑魚《ざこ》」とも呼ばれ市場価値が低く、一般には出回りません。未使用魚とはそういう魚のことです。

「もったいないよなあ」

語尾を上げた声が波の音に紛れて海辺に響きました。ネコが一瞬振り返って尻尾《しっぽ》を振ったのは、漁師の言葉に賛同したからかもしれません。

漁師が去った静かな海岸に、制服姿の少女が姿を見せたのは、海が夕刻の青さを増した頃でした。波打ち際を、戸惑うように辿《たど》る彼女を、波止場で惰眠を貪《むさぼ》っていたサバトラネコの目が捉えます。

「さ、開店するか」

嗄《しゃが》れた声で呟きました。

「ねえ、早く美術室行こうよぉ」

西脇梨央が、古文の教科書に付箋《ふせん》を貼っていると、後ろから甘ったるい声をかけられた。心羽だ。

「パン、もう買ったの？」

心羽の両親は共働きだ。専業主婦の母を持つ梨央とは違い、母親の仕事が休みの月曜以外は、心羽は昼ご飯を購買のパンで済ましている。

「今日はお弁当つくってもらったんだー。だって早く行かないと、いい席取られちゃうでしょ。パン買っているうちに乗り遅れたくないじゃん」

木曜の午後イチは選択授業だ。入学時に美術、音楽、書道の中から、希望する科目を選択する。いずれも専用の教室があり、選択授業の前には、クラスルームから移動する必要がある。

梨央と心羽が選択している科目、美術が行われる美術室は、自分たちの教室の上階にある。移動にさほど時間はかからない。けれども、授業のはじまる前の昼休みから心羽が焦っているのは、窓際の後ろの席は人気で、並びで二席取れないこともあるからだ。いっそお昼を美術室で食べてしまえばいいのではないか、と最初に提案したのは梨央だ。

はやくぅ、と心羽にせかされ、午前中の授業道具を片づけていると、

「なにその付箋」

心羽が古文の教科書に目をやった。

「ああ、宿題のところ。貼っておかないと分からなくなるから」

今月から授業では『伊勢物語』を読んでいる。教科書の八十九ページから九十五ページまでの原文に出てくる古語の意味を古語辞典で調べてくるのが次の授業までの宿題だった。

「じゃなくって。かわいいんだけど。どこで買ったの？」

心羽の目が輝いている。彼女の注目は、付箋を貼った箇所ではなく、付箋そのものだったようだ。

「駅ナカの本屋」

「まさか、あのセブンイレブンおやじの？」

心羽の声が裏返った。

「セブンス・センテンス」は梨央と心羽の推しのアイドルグループだ。五月に発売された彼らのはじめての写真集の発売は、ファンサイトでも大いに盛り上がっていた。

発売日の朝には入手したかったけれど、学校の最寄り駅にあるその書店の開店は十時だ。八時三十分には校門をくぐっていなければならない梨央らは、帰宅時に行くしかない。じりじりと放課後が来るのを待った。

終業のチャイムが鳴り終わるかどうかのタイミングで二人で申し合わせ、ダッシュで駅に向かった。息を切らして行ったのに、店頭のどこを探しても目当ての写真集が置かれていない。

「売れちゃったのかなあ」

心羽はすでに涙目だ。タレント関連の本が並ぶコーナーの棚を隅々まで手分けして探しても見つからない。

いつまでも店内をうろうろしている高校生が邪魔なのか、あるいは万引き予防なのか、入り口近くのレジに座っていた店主とおぼしきおじいさんが、胡散臭《うさんくさ》そうにちらちらと視線を送ってくる。

「聞いてみる?」

声を潜めて心羽が梨央に耳打ちする。

「だね」

写真集の代金、三千八百円は、高校生にとってはそれなりの金額だったけれど、ちゃんと小遣いを貯めて持ってきていた。万引きを疑われる筋合いもない。

「あの、セブンス・センテンスの今日発売の写真集って、もう売り切れちゃいましたか?」

おそるおそる小声で尋ねる梨央のうしろで、心羽が不安げに顔を伏せる。

「は？」

顔を上げた店主は、眼鏡の奥の目をぎょろっとさせ、片耳に手を置く。耳が遠いようだ。梨央の脇から顔を覗《のぞ》かせた心羽が、思い切ったように口を開いた。

「セブンス・センテンス」

すると店主が、舌打ちとともに、

「コンビニは隣」

と左手をあげた。

「セブンイレブンじゃなくて」

顔を赤らめる心羽に、梨央は首を振る。

「出直そう」

頭をさげて店を出る二人の背中に、おじいさんの苛立《いらだ》った声が聞こえた。

「まったく。本屋は交番じゃないんだから」

道を尋ねられたのかと、勝手に勘違いしているのだろう。

むっとしている心羽を、梨央がなだめる。

「こんなことなら最初からネットで予約すればよかった」

ネット予約だと、発送のタイミング次第では発売日に入手できない場合もある、と忠告してきたのは心羽だ。

「なんかごめん」

項垂《うなだ》れる彼女に、

「楽しみはあとに取っておこう」

と梨央は明るくいって、心羽の肩を叩《たた》いた。

そんないわく付きの書店だ。品揃えもイマイチな上に、店主も無愛想と見所のない店だけれど、駅ナカという立地には抗《あらが》えない。寄りやすいことに否定のしようがない。下校時にはつい足が向いてしまう。

セブンイレブン事件から数ヶ月後、改装をしたのか、併設の文具売り場が広くなった。本のラインナップは相変わらずだったけれど、文具は購買では売っていないキャラクター商品も置くようになっていて、なかなか充実していた。

シロクマのイラストが描かれたこの付箋は、先端に肉球があしらわれていて、本を閉じたときに、手がにょきっと飛び出したように見えるところがかわいい。気に入って愛用していた。

「あの古くさい店にこんなかわいいのあるの？」

「セブンイレブンおやじの趣味にしてはなかなかだよね」

無愛想な店主の顔を思い浮かべる。

「あれから全然行ってなかったけど、こういうのも置いているんだねえ」

と驚く心羽に、

「この付箋のシリーズ、鳥や魚もあったよ」

と、梨央はいって、教科書の上に置いた付箋を、通学バッグに仕舞う。

「ピンクもある？」

梨央は学校で使うものにブルーを選ぶことが多い。とりわけ、グレーがかったくすみブルーのものを見つけるとつい手に取ってしまう。この付箋も地色が淡いくすみブルーだ。一方の心羽はピンク好きだ。いまもキャンディーのような鮮やかなピンクのペンケースを顎《あご》の下に置いて尋ねている。

「うん、あったと思う」

フラミンゴのイラストが描かれたピンクの付箋《ふせん》が並んでいたのを思い出す。

「そうなんだ。部活帰りに寄ってみよっかな」

心羽が真っ白な歯を見せた。

授業が終わっても、外はまだ真昼のように明るい。この時間になっても、じっとりとした蒸し暑さがひかない。熱中症の予防をしらせるニュースが毎日のようにネット上を飛び交うのも、もう間もなくだろう。本格的な夏がすぐそこまで来ていた。

梨央は高校では部活に入らなかった。部活動は自由参加だ。いわゆる「帰宅部」所属の生徒も珍しくはない。

昇降口で通学用の革靴の紐《ひも》を結んでいると、千砂《ちさ》に声をかけられた。

「帰宅部はいいですなあ」

胸のあたりまでのびるまっすぐの黒髪を揺らして、手にしていたノートで梨央の肩を叩く。バサッと音がし、

「痛ぁい」

とわざと口を尖《とが》らせてみせると、大袈裟《おおげさ》なんだから、と軽やかに笑った。

「今日の昼の放送、千砂の選曲だったでしょ」

千砂は放送部員だ。昼休みに流すBGMの選曲は持ち回りだと聞いていた。

「よくわかったね」

千砂が目を丸くする。

「真っ昼間にあんなムーディーな曲を流すのは千砂くらいしかいないでしょ」

「マルサリス。気に入ってくれた?」

千砂が顔を綻ばして、ジャズトランペッターの神様なのだと、説明する。アイドルにしか興味のない梨央にとっては、まるで暗号のように聞こえる。ママなら知っているだろうか。家に帰ったらすっかり彼方《かなた》に忘れているであろうそのアメリカ人奏者の名前をスマホに打ち込む。学内での通話や会話アプリの使用は禁止されているけれど、

メモアプリくらいは先生も見てみぬふりをしてくれる。

「マル……」

すでに言いよどんでいる梨央に、「ウィントン・マルサリス」と滑舌のよい発音で繰り返す千砂の向こうに、体操着姿の心羽の姿が見えた。

「あ、梨央いた。明日《あした》の計画忘れないでね」

バレー部の心羽はこれから体育館に移動するのだろう。走ってきたのか、肩で息をしている。

「体育の柔軟のペアの件ね、覚えているって」

梨央がうん、うん、と頷《うなず》く。一週間前の体育の授業のあとから、何度も聞かされていた「計画」だ。忘れるはずがない。

「柔軟のペア？　あれって出席番号順でしょ？」

千砂が心羽と梨央の顔を交互に見て不思議そうにいう。

金曜の体育では、授業の最初に柔軟体操をする。出席番号順に並び、そのまま前後の二人がペアになって体操をすることになっている。

「遅刻確信犯」

語尾を「はーん」と伸ばして、心羽が片目を瞑《つぶ》る。

「みんなが並んだあとに、二人で遅れていって最後尾につくの。そうすればペアになれるじゃん」

考えたでしょ、と心羽がぺろりと舌を出した。

「ほお、ほお。なるほどねえ」

千砂が腕を組んで感心したように頷く。

「山井《やまい》にいわないでね」

心羽が体育教師の名を出して、口に人差し指を当てる。じゃあね、ともう一度確かめるようにウインクをした心羽が上履きの音をパタパタさせながら体育館のほうに向かうと、千砂がおどけるように肩を竦《すく》めて見せた。


イヤホンから聞こえるトランペットの音色が響き渡る。耳を通り過ぎ、からだの隅々にまで、乾いた砂地に水が浸《し》み込むようにじんわりと伝わっていく。トランペットってこんなに鮮やかな音を出すのか、と千砂から渡された音源をはじめて聴いたときには驚かされた。

「すっごくカッコいいんだけど……」

梨央がその衝撃をうまく言葉にあらわせずにいると、

「一流の奏者って、楽器を自分のからだの一部のように扱えるんだよね」

そう千砂が教えてくれたことが、まさにそのとおりだとわかる。

昼休みの美術室は静かで、開け放った窓から気持ちのいい風が吹き込んできた。外は灼熱《しゃくねつ》の太陽がぎらついているけれど、美術室は校内の裏庭に面している。葉を大きく広げたケヤキが陰をつくり、室内には熱気が届いてこないのがありがたい。

肩を叩かれるまで、気づかないほどにイヤホンから伝わってくる音に集中していた。

顔をあげると、商品名が舞うように書かれた透明のビニールに入った菓子パンを手にした心羽が立っていた。

「あんマーガリン、無事ゲット」

腰かけると同時にパッケージを開けた。

購買で人気のパンは、昼休みの販売開始後すぐに行かないと売り切れることもある。

昼休みの開始を告げるチャイムのあと、

「先に美術室、行っていて」

と、梨央に声をかけた心羽が駆け足で教室を出る姿を見るともなく眺めて、席を立った。スキップするような彼女の足取りが頭に残り、思わずため息が漏れた。

自分の心の内をもし言葉にしてしまったとしたら、それが確かなものに変わってしまう。波風立てず、平穏に、無理なことは望まず、いい子でいること。それが自分たちの世代に課せられた生き方だと思う。大人の喜ぶ正解をちゃんとわきまえている。失敗のないように用心深く、正しい道を歩んでいく。

だから、なんとなくもやもやしても、気が重くても、それを決して自分に気づかせてはならない。そうやって、宥《なだ》め、ごまかしながらも、なんとか穏便に時を重ねる。反抗もわがままも、自分には無縁なのだと、ただそれだけを言い聞かす。

制服のポケットに手を入れると、イヤホンに触れた。耳にねじ込んで、音源のスイッチを作動する。自分だけの世界に入れた。

「ねぇ、さっきから何聞いているの？」

イヤホンの向こうから、心羽の声が聞こえてきた。パンを一口囓《かじ》ると、梨央の返事を待たずに続ける。

「セブンスの新譜って、いつ出るんだろうね。もうサトルのせいで、こんなになっちゃって迷惑ったらないよ。そもそも私はサトルって……」

心羽はひっきりなしに言葉を繋《つな》ぐ。

梨央と心羽が推していたグループ「セブンス・センテンス」は、先月から活動を自粛している。メンバーのひとり、サトルが、女性タレントと交際していると写真週刊誌が報道したからだ。交際だけなら、ネットでの炎上程度で済んだろう。問題は未成年の二人が、バーに出入りしていたことが明るみになったことだ。

〈バーではあるけれど、ふたりはソフトドリンクを飲んでいた〉

〈写真には写っていないが、彼らのほかに事務所の人間も同席していた〉

〈会食が深夜にまで及んだのは、打ち合わせが白熱していたせいだ〉

あまりにも貧相な言いのがれが双方の事務所から発表されたが、世間を騒がせたことに対する詫《わ》び、という理由で当事者の女性タレントとセブンスのグループ活動が当面自粛となった。

グループのひとりが活動できなくても、残った他のメンバーで続ければいい。普通ならそう考えるだろう。

しかし、セブンスは、七人いるメンバーのうち、メインボーカルのサトル以外は、歌もトークもぱっとしない。ファンの間ですら、セブンスはボーカルとサポートメンバー六人で構成された「サトルとその仲間たち」だ、などと揶揄《やゆ》されていたほどだ。

もちろん梨央も心羽もセブンスのファン、といいつつサトル個人の単推しだった。

サトルがいないセブンスなどに興味はなかった。

「過去曲でベストアルバム出すんだってね」

文句をいいながらも、心羽はきっとそのアルバムをダウンロードするのだろう。梨央はどうだろう。話を合わせるために、やっぱり課金をするのかもしれない。

イヤホンをポケットにしまい通学バッグから弁当箱を取り出す。留め具を外すと、色とりどりのおかずが目に入って思わず頬が緩んだ。梨央の大好物のアスパラのベーコン巻きもある。料理上手のママを誇らしく思っていると、

「ねえ、見てー。これ買っちゃったー」

梨央の前に、水色の付箋《ふせん》が置かれた。

「あれ？　ピンクなかった？」

それは梨央が使っているのと同じシロクマのイラストの付箋だ。

「あったんだけどね。私、鳥ってあんまり好きじゃなくない？　ピンクのやつってフラミンゴの絵だったから」

そういって、梨央とお揃いの付箋を誇らしげにポーチにしまった。くすんだ青色のそのポーチも新しく購入したもののようだ。気づけばピンクだらけだった心羽の持ち物に、少しずつくすみブルーが増えていた。

まるで心の中が知らず知らずのうちに侵蝕《しんしょく》されているようだ、と梨央は少しだけぞくっとした。

「それにくすみブルーって、お洒落《しゃれ》じゃん」

まるでそれが自分が発見した手柄かのように心羽が口角を上げた。

針がレコード盤にそっと触れると、さわさわとしたそよ風のような微《かす》かな音が聞こえ、やがて静かに曲が始まる。曲がひとつ終わると、また微音が挟まる。それは指が手元の音を探し出すような密《ひそ》やかな感覚がして、耳に心地いいだけでなく、気持ちまでも落ち着くような不思議な体験だった。

梨央は耳を澄ます。

「アナログはさ、こういう音の揺れがいいんだよ」

千砂がレコードの紙ジャケットをラックにしまう。

レコードのことを「アナログ」と呼ぶのだと知ったのは、つい数日前のことだ。千砂が送ってくれた音源の感想を伝えたところ、アナログで聴くと、もっといいんだよ、とデジタルとの音の違いを話してくれた。

デジタル、つまり電子化するためには、録音された音の一部だけを抽出するのだそうだ。そのために、音が均一化され、高音や低音を伝えることが難しくなるために、音の深みが減るのだという。

そのかわり、音の鮮やかさが引き立つのがデジタルのよさで、それぞれに支持者がいるそうだ。

「そもそも音楽なんて嗜好品《しこう》でしょ。聴く本人が気に入ればそれでいいの。けど、奏者にとっては、本来の音を聴いてほしいって思うんじゃないかな」

だからライブ音源やデジタルになる以前に録音された年代物の曲は、なるべくならアナログで聴いたほうがいいのだ、と千砂の丁寧な説明を、梨央は漏らさず聞き取ろうとする。

梨央の家には、CDを聴くためのプレーヤーこそあれ、もちろんステレオなんてない。お父さんがレコードの蒐集《しゅうしゅう》家だという千砂が、自分の家にあるレコードプレーヤーでかけてあげようか、と誘ってくれた。

応接間に豪華なステレオが置かれた家を想像していたけれど、千砂が自分で鍵《かぎ》を開けて入ったその家は、ごく普通の2DKのマンションだった。むしろどちらかといえば、質素でこぢんまりした印象の部屋だった。

レコードプレーヤーは、ダイニングテーブルの脇に置かれたサイドボードに載っていた。

「これで聴けるの？」

はじめて見るプレーヤーは、透明の蓋《ふた》のついた平べったい箱状で、梨央の家でたまにお好み焼きを作るときに出すホットプレートを思わせた。それなのに、いったんレコード盤に針が落ちると、どっしりとした温かみのある音が部屋に鳴り響いた。集合住宅の一室だ。他の家に迷惑をかけないよう、音量は小さく設定している。にもかかわらず、包み込むような音が充満した。

ラックには紙ジャケットに納められた厚さ数ミリのレコードがぎゅうぎゅうに詰められている。

「わ、すごい。いっぱい」

コレクターという人は、こんなに集めるものなのかと驚くと、

「ざっと三百枚はあるんじゃないかなあ」千砂がジャケットの背に指を添えて、何枚かを選び出しながら、何食わぬ顔で驚くような数を口にした。

「さんびゃく⁇　千砂はそれ、全部聴いてるの？」

目を丸くする梨央に千砂が笑う。

「んなわけないでしょ。私はまだ二、三十枚くらいしか知らないよ」

それでもすごい数だ。

キッチンでコーヒーメーカーが抽出を終えた合図をする。家にはほかに誰もいないようだ。

「今日はお母さんは留守なの？」

コーヒーカップが音を立てている。わが家だったら、梨央が友達を連れてくるとな

れば、ママが一週間も前からおやつの心配をしているだろう。

「働きに行ってるから、平日はだいたい七時くらいまでこんな感じ」

コーヒーが注がれた三つのカップを、トレーに載せてダイニングに運んでくる。

「三つ？」

カップの数に目を泳がせていると、

「いや。父にね」

と、プレーヤーの横にカップをひとつ置いた。

「聴くでしょ、お父さんも」

そういっていまかけているレコードの紙ジャケットをコーヒーの脇に立てかけた。

「もう亡くなって五年、かな。なのにこうやって私がレコードをかけると、なーんか喜んでくれている気がしちゃうんだよねえ」

千砂がジャケットと並ぶカップに目配せをする。

「だからたまに聴かせてあげたり、昼の放送のBGMに持ち出したりしているんだ。もちろん自分が聴きたいってのが一番なんだけど」

ほんの少し照れくさそうに視線をずらした。

「そうだったんだ。でも千砂の選曲は他の人とは違って個性が出ていて、私は好きだな」

ちっとも音楽の知識のない私にいわれても嬉《うれ》しくないだろうけど、と慌てて付け加えると、

「そんなことない。梨央は趣味がいいもん、自信持てちゃうなあ」

といわれ、かえって恥ずかしくなる。

「でも、梨央、局アナ志望のくせに、なんで放送部に入らなかったの？」

途中入部も大歓迎だから、その気があればいつでも推薦するよ、と千砂が真顔になる。

将来は局アナになろう、と決めたのはいつのことだったろう。ママが若い頃になりたかった職業だと聞いていたから、物心つくころには、自分はアナウンサーになるのだと折に触れ口にしていた。そのたびに、ママが顔を綻ばして喜ぶのが、幼心に嬉しかった。

具体的に将来の職業にと決意したのは、小学校四年の終わりだ。五年生から全員がどこかの委員会に入らなくてはいけなかった。梨央は迷うことなく放送委員を選んだ。

中学では一年生から放送部に入部し、受験準備のために強制的に引退となる三年の夏まで活動した。けれども自由参加となった高校では、部活動に入るのは諦《あきら》めた。それよりも大学受験のための勉強が必要になったからだ。

「放課後は塾があるからさあ。部活との両立が大変でしょ」

週に三日、学習塾に通っている。受験対策として、集中講座を受講することも視野に入れている。部活動どころではない。

それはママの意見だった。局アナになるには有名大学を出るのが必須《ひっす》だ。しかもママの調査によると、採用される確率の高い大学がいくつかあるという。その大学をダイレクトに狙うのが近道だ、と常々励まされていた。

「千砂は将来は何を目指しているの？　やっぱり音楽関係とか、マスコミ系？」

ジャケットの裏に書かれた細かな文字に目を落としていた千砂がまっすぐな目を梨央に見せる。

「音楽ライターとかに憧《あこが》れたこともあるんだけどね。こういう解説とか書く人」

梨央はそんな職業があることすら知らなかった。

「でもいまは、その知識を生かして、病院や施設で流す音楽や、利用者の心に多幸感を与える環境を考えるような職に就けたらって思っているんだ」

ウェルビーイングという聞き慣れない言葉を使う千砂を、素敵だなと思った。

「へえ」

と口を切る。沈黙を埋めるつもりだけだったのに、

「私も本当はさ、局アナみたいに表に出るような仕事はあんまり合わない気がしているんだよね」

思わず本音が漏れた。

千砂も驚いていたけれど、口にした自分自身が驚く。言葉に出して、はじめて自覚した。

「声の仕事だったら声優って道もあるんじゃない？　アナウンサーだとしても、テレビだけじゃなくってラジオのパーソナリティーとか、こうやって曲を選んだりする仕事もあるよ」

クラブなどで派手なパフォーマンスをして客を盛り上げる人のことをDJと呼ぶのだと思っていたが、本来のディスクジョッキーは、ラジオ番組などで選曲したり、紹介したりするのが仕事なんだと千砂が語る。

「いろんな仕事があるんだね」

感心すると同時に、一人の人間にはたったひとつの道しかないと思い込んで歩いていた自分がちっぽけに思えてくる。

「うちの学校の放送部は、わりと自由にさせてくれるから、勉強になるんだ。そういう職業のことも、先輩から教わったんだよ」

ラジオ局に入りたい、といったらママはがっかりするだろうか。テレビ局に勤めるにはルックスも大切だ、と中学生の頃からヘアやスキンケアにも気を配ってくれていた。学校選びやそのための塾通いなど、アナウンサーになるための道筋をたててくれたのを、裏切ることになるだろうか。

「DJなんて……」

と呆《あき》れるかもしれない。ママの寂しそうな顔が頭に浮かび、残像を消す。そんな顔を見るくらいなら、ママの望みを叶《かな》えてあげたい。

もちろん梨央はママの潰《つい》えた夢を実現させる「もうひとりのママ」ではない。アナウンサーの夢も言いなりではなく、テレビで堂々とニュースを読む人たちを見て、憧れたのも事実だ。

整えてくれた正解のレールを、あえてはみ出す必要があろうか。失敗するかもしれないケモノ道を行くなんて、身の程知らずのバカげた行動だ。

だから、梨央も入部したら将来の希望の幅が広がるかもよ、と誘ってくれる千砂の勢いにのって、そうだね、とは気安くいえない。

ざああ、ざああ、と寄せる波とともに、浜辺にはさまざまなものが打ち上げられてくるのです。ビニール袋やおもちゃ、お弁当のパック……どれも人間たちが使ったプラスチックゴミです。それらは日光を浴び、風にさらされ、時間をかけて粉々になっていき、やがて海底へと沈んでいきます。

海洋プラスチックと呼ばれるそのプラゴミの破片を、魚たちが食べたとしたら、どうなるでしょうか。

経済活動による海の汚染や、気候変動による水温の上昇で、海藻や珊瑚礁《さんごしょう》がなくなっているのは、景観の問題だけではありません。海底の海藻や珊瑚礁は、海の生き物たちの住処《すみか》です。住まいがなくなった魚のことを、考えてみてください。

いま、海が抱えている問題は、こうした環境のことだけではないのです。

ネコシェフが美味《おい》しいお魚ごはんを提供しているその想いが、この高校生にも伝わるといいですね。


外で運動をするには、あまりに暑い日だ。校庭から湯気のような蜃気楼《しんきろう》が揺らめいている。

「またお前ら遅刻か」

体育教師の山井は、暑ければ暑いほどに元気が出るのか、日に焼けた顔に汗をしたたらせることもなく、体を捻《ひね》っている。

「すみませえーん」

心羽が舌っ足らずにいって、梨央に目配せした。

「さっさと列について」

列の最後尾に並ぶと、心羽が振り向いてぺろりと舌を出した。

「はい、前から二人組を作って柔軟」

山井がピッと鳴らした笛の音を合図に、順次ペアになる。心羽と梨央が手を繋《つな》ごうとしたところで、前に並んでいた生徒が、心羽の肩を叩《たた》く。

「私たちがペアになるみたい」

「え？」

心羽が目を泳がせた。すでにほかの生徒たちはペアになっている。おそらく今日は欠席者がいたのだろう。

「おお、奇数だったか。じゃあ、申し訳ないが西脇はひとり柔軟な」

山井がすぐに状況を察して、指図する。

「はあい」

ひとりでもやれる柔軟、というのは教わっている。力の加減が自分で調整できるから、かえって気楽でもある。梨央は、あちっと顔を歪《ゆが》めて校庭に座って両足を伸ばした。

そのときだ。心羽が梨央の前に立って右手を摑《つか》んだ。

「ねえ、私たちペアになりたいんだけど。いつもペア組んでいるから」

啞然《あぜん》としている生徒を残し、心羽は梨央のうしろにまわったかと思うと、その背中をぐいぐいと押した。

いつまでも立ちすくんでいるわけにもいかないと思ったのか、少し離れた場所に座ったその生徒は、ひとり柔軟をはじめていた。

「やったね」

心羽が梨央に耳打ちする。千砂に見られていたら恥ずかしい、そう思ったら熱のこもった地面から顔を上げられなかった。


夏服のブラウスは半袖《はんそで》と長袖の二種類だ。気温によって使い分けるためだけれど、どんなに暑い日でも半袖を着用する生徒はほとんどいない。長袖をまくって着るほうが断然おしゃれだ、というのが理由だ。

それでもさすがに背に腹はかえられないほどの猛暑が続いている。今日は真夏日の予報で、朝からじっとりと暑い。梨央も致し方なく半袖を着て家を出た。夏休みまであと何日、と指を折って数えながら校門を入ろうとすると、背中を叩かれた。

ちょうどジャズのことで聞きたいことがあったのだ。千砂かな、と振り向くと、ボブヘアの生徒がにんまりと笑っていた。すぐには誰だかわからなかった。

「心羽?」

驚いている梨央に、心羽が顔を近づける。

「どう? 似合う?」

薄めの前髪、肩につくボブの毛先を外ハネにしているアレンジまで梨央そっくりのヘアスタイルだ。返事に戸惑っていると、

「里中さんに切ってもらったんだあ。梨央とお揃い」

ママが独身の頃からずっと通っていて、中学に入ってからは梨央もお世話になっている美容師の名前を口にして、毛先を揺らす。

「そうなんだ。よく予約取れたね」

驚きを隠しながら、取り繕うように言葉をつなぐ。里中は人気の美容師で、新規客は数ヶ月待ちだと聞いたことがある。

「うん、梨央の親友だっていったら、取れちゃった」

この暑さでも懲りずに長袖を着ている心羽が、両手をあげて、くるりとその場でターンした。

――親友。

少しもしっくりこない響きだ。かすかに顔を歪ませたのが、心羽に見えていたのか

はわからない。

「ねえ、知ってる?」

耳打ちする心羽の髪の毛先が梨央の頰に当たった。

「なに?」

それとなくからだを後ろにひいた。

「千砂ん家ってシングルマザーでしょ。家計が大変で、千砂も手伝っているんだって」

「バイトしてるってこと?」

うちの高校はバイトは基本的には禁止されている。けれども家庭の事情があれば、許可されることもある。千砂だってその対象にならなくはないだろう。

「いいんじゃないの」

と、校門を入る梨央のうしろから、心羽が小走りについてくる。ぱたぱたと鳴る靴音が、耳障りだ。

「違う、違う。パパ活やってるって噂。ヤバいよね。あんまり付き合わないほうがよくない?」

心羽が、どこまで本当かわからない噂話を、愉快そうに話してくる。壊れた水道栓のようにとめどなく流れてくる、雑音に耳を塞《ふさ》ぎたくなった。

けれどもここでそんな仕草をしたら、これまで守ってきた平穏が崩れてしまう。

他人の顔色を見て、誰の前でもいい子でいる。どっちを向いてもいい顔をして、自分の本当の気持ちはいつも心の底に放ってきた。いまになって、本心なんてさらけ出せない。でも、

――金魚のフンみたいについてこないで。真似ばっかりしないでよ。

――私はママの分身じゃない。自分のやりたいことは自分で見つけたい。

そういえたら、どんなに楽だろうか。

そのとき、校庭の楠《くすのき》がざわっと葉を揺らした。その音に紛れてくれるといい、そう願いながら、呟《つぶや》いた。

「そうやって開き直れたらいいのに」

途方に暮れたように波打ち際を歩く女子高生に、サバトラ柄のネコが嗄《しゃが》れた声をかけます。

「開き？　アジを開いてアジフライにでもするか」

状況を飲み込めない女子高生は、呆然《ぼうぜん》と立ちすくんでいます。それもそのはず、さ

っきまで朝の校庭にいたのですから。

「開き？　アジを開いてアジフライにでもするか」

聞きなれない声に梨央が顔を上げると、目の前に、一匹のネコがいた。波の音がしている浜辺に人の気配はない。声だと思ったのは、梨央の勘違いだったのだろうか。深い緑色の大きな目がこちらをじっと見ている。そっと目を逸《そ》らして、あたりを見回す。いったい何が起こったのだろうか。

梨央は今朝からのことを思い起こす。

いつも通りの朝だった。六時に目覚ましで起きて、一時間かけてヘアセットし、ダイニングに行くとママが朝食の準備をして待っていてくれた。

朝食は目玉焼きとサラダ。お弁当箱を覗《のぞ》くと、卵焼きの具はチーズで、ご飯には最近お気に入りの紫蘇《しそ》のふりかけがかかっていて、昼休みが来るのが楽しみになった。バスに乗って駅に行き、地下鉄をおり、河川敷を歩いて、学校に向かった。校門のあたりで心羽から声をかけられて、そのまま一緒に校庭を歩いていた。

「そうやって開き直れたらいいのに」

そう、確かそんな言葉を呟いたと同時に、この見知らぬ土地に運ばれてきてしまったのだ。

そもそもここは、どこなのだろうか。風に乗って潮の香りがしてきた。足元に波が打ち寄せている。風は生温《なまぬる》いけれど、頬を撫《な》で、汗がすっとひいていく。

「困ったな」

自分の気持ちを抑え込んでいたのが、思わず外に流れ出てしまった。それがきっかけになって、異次元に来てしまった。夢の中なのだろうか、それとも熱中症にかかって意識が遠のいているのだろうか。

今日の予定はどんなだっけ。頭の中をスケジュールがぐるぐると渦巻く。

授業はサボってしまうとしても、十七時からは塾だ。間に合うだろうか。

以前は帰りが遅かったパパも、最近は定時で帰ってきて、夕飯をともにすることが多くなった。今日の夕飯は、夏野菜のパスタだって出がけにママがいっていたっけ。オリーブオイルベースかな。ママのパスタって一見シンプルなのに、さりげなく気の利いた味がするんだよね。きっと見かけ以上に凝っているんだろうな。

来週の体育はまた心羽とペアで柔軟するのかな。それも嫌だな。それよりも千砂とまた音楽談義ができる日がもし来ないのなら、それはもっと嫌だな。

梨央がそんなことを考えている間も、灰色と濃い灰色の縞模《しまも》様《よう》、おそらくサバトラ柄と呼ばれるそのネコは梨央の前を離れずにじっとしている。

「なあ、おい。アジフライ、食うのか？　食わないのか？」

さっき耳にしたのと同じ嗄れ声だ。確かにこのネコが発しているように聞こえる。まるで絵本に登場するネコのように、喋《しゃべ》り、二本足で立っている。どうやら梨央の返事を待っているようだ。

「アジフライ？」

聞かれてあらためて、質問の意味を考える。しびれを切らしたのか、ネコがやれやれ、とポーズを取って、説明する。

「あんたさ、さっきいっていたよな。開きって」

たぶん、梨央が口走った「開き直る」のことをいっているのだろう。

「はい」

しぶしぶ頷《うなず》くと、

「だからさ、開き。アジの開きでフライを作ってやろうかって聞いてんの。ほら、食うんならさっさと歩く」

ネコは音も立てずに、そそくさと梨央の前を歩いていく。うす暗い海岸に目が慣れてくると、波に濡《ぬ》れた砂浜がきらきらと輝いているのが見える。

「ほれ、あそこ」

ネコが指差すほうには、流木を組み立てたちっぽけな小屋が建っていた。

「海の家？」

海水浴場にある仮設の飲食店には、シャワーの設備があったり、横になって休憩できる場所もある。けれども、ネコは首を横に振る。

「ちげーよ。ここは俺の店さ」

ふふんと得意げに鼻を鳴らした。

「さて、と」

梨央がビールケースをひっくり返しただけの客席に腰かけると、ネコはカウンターの奥に入って、まな板を置いた調理台の前に立つ。目を丸くする梨央には構うことなく、一匹の青魚をおろしはじめた。

「お料理、できるの？」

余計なことをいって怒らせてもいけない。上目遣いで尋ねると、

「いっただろ、俺の店だって。俺は料理上手なネコシェフさ」

髭《ひげ》をピンと横に張った。

「夕河岸の鯵《あじ》売る声や雨あがり」

滔々《とうとう》と口にしたのは、俳句のようだ。

「永井荷風《ながいかふう》。知ってるだろ？」

作家名だというのはわかった。確か『ふらんす物語』が有名なんだっけ。そこまでは授業で習った。けれど読んだことはない。俳句を詠んでいたことももちろん知らなかった。

風流なネコが、荷風が生きていた当時はな、と話しだす。夏の夕方になると行商がアジを売りに来たのだそうだ。

「それを夕アジっていってな」

国語の成績はさほどでもないけれど、ネコの説明を聞くと、その俳句がまるでいまみた情景のようだな、と不思議といい気分になってくる。

ネコは説明を続けながらもまな板の魚に包丁を差し入れる。

「ぜいごは尻尾《しっぽ》から」

「それも句なの？」

梨央の問いに呆《あき》れたように舌打ちする。

「アジの下処理のこと。ぜいごってのはこれ」

三角が矢のようになった尻尾を持って、魚の胴体の真ん中を走る黒い筋のようなものを包丁の先でつつく。

「これは尻尾側から取るってことよ」

といったかと思うと、器用に包丁を魚に添わして捌《さば》いていく。

「フライにするには、背開き」

瞬く間にアジの開きが完成した。そこに衣をつけ、ゆっくりと油に泳がせる。やがてパチパチとにぎやかな音が梨央の耳に届く。黄金色に色づいたところを引き揚げたネコシェフに、

「醬油《しょうゆ》？　ソース？」

何をつけて食べるかを聞かれる。

「ええと」

すぐに返事ができずにいると、

「タルタルもあるよ」

ニヤリと笑う。

「え、タルタルも？」

思わず元気のいい声が出てしまった。ゆで卵とマヨネーズで作るタルタルソースは、揚げ物にはぴったりだ。けれども手間がかかるんだといって、ママはなかなか作ってくれない。

「あるよ、タルタル」

白い皿に、まだ湯気のあがるアジフライと、その横にはこんもりとタルタルソースが置かれている。

「いただきます」

箸《はし》を入れると、サクッと音をたてた。衣はさくさくに揚がっているのに、中のアジはふんわりとしている。口に入れると、ほろっと崩れた。

タルタルソースは、ピクルスがたくさん入っていて、ゆで卵も大きめのみじん切りで食べ応《ごた》えがある。ネコシェフの手製のようだ。たっぷりのっけていると、

「ずいぶんと大盛りだな」

プッと吹き出された。

「なあ、あんた、高校生なら意識が高いだろ。海が抱えている問題は何だ？」

尋ねられて箸を置く。授業やホームルームでもたびたび話題になっていることだ。

「温暖化、です」

自信を持って答える。気候変動による水温の上昇は、海の生き物の棲家《すみか》である珊瑚《さんご》礁《しょう》や海藻を少なくしている。

話を聞きながら、ネコが鍋《なべ》を火にかける。

「これ知ってるか？」

黄土色の糸状のものは、西洋人形の髪の毛のようだ。とても食べ物には見えない。

「これがてんぐさ。寒天の素《もと》になる海藻さ」

水洗いを繰り返し、酢を加えた水でぐつぐつとそれを煮立てる。布巾《ふきん》で濾《こ》すと、薄

黄色の液体が残った。

「てんぐさ液。これに砂糖と餡《あん》をいれてゆっくり煮ていく」

鍋の中身をゆっくりと混ぜながら、ネコは話を続ける。

「生物が陸で暮らせるようになったのは、海藻のおかげなんだ」

海藻は海中で光合成をする。それによって空気中に酸素の層、オゾン層が作られた。

地球上の酸素のなんと七割は海藻や植物プランクトンの藻類が作り出しているのだ、と聞いて、とたんにさっきの髪の毛のようなもじゃもじゃが尊いものに見えてきた。

「それ以外は？」

と質問され、まだ海の問題の話題なのだと、頭を捻《ひね》る。

「ええと、プラゴミとか経済活動による海の汚染」

ネコがうん、うんと頷く。

「森林伐採やリゾート開発だってそうだ」

いきなり海の中から地上へと転換して、梨央は首を傾げた。

「だって山と海は繋《つな》がっているだろ」

顔をあげると、暗闇の遥《はる》か彼方《かなた》に山の影が見え、それは確かになだらかに海へと繋がっていた。山に降った雨は海に注ぎ込まれる。枯れ葉は栄養分となって地面や海水に吸収されていく。

「つまり山が荒れれば海も荒れる。山が豊かなら海も豊かなんだ」

伐採や開発で砂漠化した土地に種を蒔《ま》いたり、植林をする活動も行われているのだという。

「それって誰がやっていると思う？」

ネコが火からおろした鍋を氷で冷まし、中身を型に流し込みながら、梨央の目をじろりと覗《のぞ》く。

「まさか、あなたが？」

「俺？　やらねえよ、っていうかさすがにそれは俺にはできん」

悔しそうにぶるんと首を振る。

「植林や植樹っていうのなら、木こりさんの仕事のような……」

でもそれなら不思議はない。そう思うのが普通だし、もちろん林業や農業の従事者もやっている。けれども、といってから、

「実はな、砂漠化した森に木を植えているのは、漁師なんだ。魚のためには、まず森を豊かにしないと、と考えたんだろうな」

漁師さんが？　と驚く梨央のことなど構わずに、ネコシェフは砂浜をじっと見ている。

「海の面倒を見てくれる漁師に感謝してんだ。いつも魚ももらっているしな」

ありがてぇな、とひとりごちながら相変わらず砂浜に目をくれているネコシェフの背中をながめ、梨央は頭の中を整理する。海を守るために、山を豊かにする。なんだか途方もない計画のように思え、指を折る。今日、明日のスケジュールで頭がいっぱいな梨央には想像がつかない。口をへの字にしていると、くるりと振り向いたネコの目が深緑色に輝き、思いがけない指摘をされた。

「もしかして、あんたはひとりで悩んでいるだけだと思っているかもしれないけど、どっかで誰かのためになっていたり、自分の知らないところで、新たな道を切り開いているのかもしれないぞ」

「え？　私が？」

「誰かのため、なんてわざわざ思わなくても、ちゃーんと誰かのためになっている。生きるって、生きていくってそういうことさ」

ほれ、デザート、とガラスの器に盛られたのは、水羊羹《みずようかん》だ。さっきの「てんぐさ」がするりと涼しげなデザートになった。

「山に植えた木が海に恵みをもたらすには時間がかかる。けど、そうやってあちこちに種を蒔いておくことで、いつか芽が出て結果に繋がるんだ。焦ることあねえよ」

そういったきり、ネコは口をつぐむ。

ママの決めた道を歩いていた。よそ見をすることなく、いい子でいることが正しいと信じて。反抗したり、大きな夢や野望を持つよりも、身のほどをわきまえた堅実な生き方。

でもそれは安心ではあるけれど、とっても退屈な生き方。与えられたものをこなすだけではなく、もっといろいろな世界を知るべきではないか、と思っている自分もいた。

頭の中であれこれ巡らせている梨央に、ネコがあたたかな眼差《まなざ》しを注ぐ。

「自然も生き物もみーんな繋がっているのさ。ゴールなんて誰もわかんないけどな。目の前のひとつひとつを大切にしていけば、結果として、誰かを救ったり自分も思いがけない道を見出《みいだ》せたりするんじゃないのか？」

「ゴール……」

目標とするゴールからいまやるべきことを探っていた。局アナになるためにすべきことばかりを考え、それ以外を排除していた。もちろんそれが最短でゴールにたどり着く方法だろうけれども。

「私はもっと寄り道したいのかもな」

梨央がつぶやくと、合点がいったのか、ネコはふむふむと口元を緩ませた。

「寄り道して得たものは、ちゃーんとどっかで役立つから安心しな。俺たちネコはしょっちゅうあちこち徘徊《はいかい》してっけど、そうやっていろんなものを手にしてるんだぜ」

どうやらこの美味《おい》しいお魚も、いくつかの巡り合わせの中でネコの手に渡ったのだろう。

キッチンに戻る足をいったん止め、梨央をかえりみる。

「なあ、未使用魚って知ってるか？」

聞いたことのない魚だな、と首を左右に振ると、

「市場に出回らない魚のこと。味はいいのに、もったいないよなあ」

ネコシェフが誰かの口真似なのか、語尾を上げてしゃべり、ちらりとまた浜辺を見る。形が不均一だったり、サイズが小さすぎたりすると、取引が難しくなるため、廃棄されるんだよ、と悲しげに訴える。

「商売できるお魚だ、って認めてもらえないんですね」

梨央まで廃棄される魚の気持ちになってしょんぼりしてくる。でもそれは他人の評価やまわりとうまくやることばかりに神経を注いでいる自分の行動に重なる。波風立てずにいい子でいることばかりに気を取られていて、「美味しい」の本質を見ていなかった。

「さっきの海の問題だけどな。一番の問題は、海の生き物を人が食べなくなったたってことさ。それによって漁業が立ち行かなくなったら、人間は海の生き物のことまで頭が回らなくなるだろ」

二〇〇六年に魚介類と肉類の一人一日あたりの摂取量が魚から肉に逆転したのを機に、魚の消費量はどんどん減少しているんだそうだ。数年間は両者の拮抗《きっこう》が見えたけれど、それも束の間、二〇〇九年以降はどんどんと差が開いているという。特に若い世代の魚離れは顕著なんだぞ、とネコシェフは鼻息を荒くする。

「じゃあ、私たちも年を取ったらお魚をたくさん食べるようになるのかな」

梨央が素朴な疑問を口にするが、ネコシェフはぶるんと首を振る。

「食の好みなんて、そうそう変わるもんじゃない。若い頃から食べ慣れていないものを、年を取ったからって食べるようになるなんてことはない」

そう断言し、

「調理が面倒だとか、買い置きができない、とか挙句の果てには骨があって食べづらいときたもんだ。魚もずいぶんと嫌われちまったよな」

ネコシェフがつまらなそうに出す低い唸《うな》り声を聞きながら、梨央は、ふんわりカリカリ食感のアジフライを思い出す。

「あんなに美味しいのに……」

「だろ？　そもそもこの国はぐるりと海に囲まれているんだぜ。ずーっと昔っから、魚や海藻とともに暮らしてきたことを忘れちゃいけないよ」

くうーっと機嫌よく体を伸ばしたネコが、

「だからさ、俺はね」

と、じっと梨央の顔を見る。そうか、

「だから、ネコシェフさんはここで美味しいお魚ごはんを作っては、私たちを見守ってくれているのね」

「ふんっ」

そういったかと思うと、

「さて、料理も終わったし、俺も食うか」

金属のような光沢を蓄えたアジを、むしゃむしゃと囓《かじ》る。

「お客さん用の食材なのに、食べちゃっていいの？」

心配して聞くと、食べ過ぎると不飽和脂肪酸で太るからよくないんだけどな、などと口籠《くちご》もってから、

「いいも悪いも。こんなに新鮮な魚が目の前にあるんだぜ、食べないほうが失礼だろ」

そういった彼の言葉は、そのまま、やりたいことが目の前にあるのなら、やらないほうが変だ、と梨央の頭の中で変換された。

もっともっと音楽を聞いて、知っていきたい。けれども大学にも進学したいから勉強も真面目にやろう。それにファッションや美容も……、とあまり欲張りになって、どれも中途半端になってしまったら、さてどうしよう。口を曲げている梨央にネコシ

ェフがまた新たな質問を投げかけてくる。

「アジの語源って知ってるか？」

「アジ、アジ……味がいい、から？」

苦し紛れの駄洒落《だじゃれ》でごまかしてみると、まさかの正解だという。それ以外には、魚偏に喿の旁《つくり》で表記する「生臭い」を意味する漢字が由来だという説もあるらしい。

「美味しいか生臭いか、ってほぼほぼ逆の意味？」

梨央がくすくすと笑う。そういう二面性があるのも、アジの面白みなんだそうだ。

「アジってのは赤身魚の持久力と白身魚の瞬発力の両方を持ち合わせている魚だっていわれているからな」

「両方のよさってこと？」

梨央が尋ねるけれど、ネコは店じまいの支度をはじめ、

「タルタルもいいけど、醬油《しょうゆ》もいいぞ」

などと、ぶつくさ呟《つぶや》いている。

「どっちかじゃなく、どっちも、だな」

「どっちも？」

「そうさな。俺たちネコは、一方だけなんて選ばないぜ。こっちにもそっちにも魚がいたら、どっちも美味しくいただいちゃうからな」

どうだ、と胸を張った。

どっちも、か。迷ったら、その都度、道を探っていけばいいんだ。そのためには受け身ではなくて、主体的に選び取れるだけの力をつけていきたい。

「けどよ、あんたのほーんとの気持ちは、もうちゃんと決まっているんじゃないか？　ここに来られたってことは、そういうことさ。自分で気づかないふりをしていただけだろ」

深緑色の目を細め、ウインクのような瞬《まばた》きをしてみせた。

心が見通され、えへへ、とおどけた。そう。もう答えは出ている。

席を立った梨央が、スクールバッグから財布を出す。お小遣いはまだいくぶん残っていたはずだ。

「おいくらですか？」

けれどもネコはぶるんと大きく頭を横に振り、金はいらないから、かわりに何か置いていけ、といいながら、梨央の足元に体をすり寄せてきた。

頭を撫《な》でようと屈《かが》むと、スニーカーの紐《ひも》を咥《くわ》えて、くぅーと引っ張った。

「紐？　こんなのが楽しいの？」

梨央が紐穴から靴紐を抜き取ると、ネコがじゃれてゴロリと横になった。それから紐の先を咥えて、ずるずると引き摺《ず》っていく。あとは靴紐をいじっているばかりで、梨央には目もくれない。

ちょっとばかり面倒なことだって、それを乗り越えれば、こんなに嬉《うれ》しい「美味しい」が待っている。えいやっ、と思い切れば、きっとその先にまだ知らない何かがあるにちがいない。

「ありがとう、ネコシェフさん」


梨央がそういってひとつ瞬きすると、そこはいつもの朝の校庭だった。心羽はもう教室に入ったのか、姿が見当たらない。彼女に会ったら、体育の授業に遅刻するのはもうやめよう、そう伝えよう。

始業を告げる校内放送に耳を傾ける。溌剌《はつらつ》とした千砂の声が校庭内に響き渡っていた。昼の選曲がいまから待ち遠しい。梨央は片方の紐のないスニーカーが脱げないよう用心しながら、教室へ向かった。

女子高生が去った海岸には、再び静かな時間が訪れました。紐を咥えたサバトラ柄のネコが、しばらくそこに佇《たたず》んでいました。お腹が満たされた彼女が、音楽を口ずさみながら歩いていった浜辺を見守るように、行方をじっと眺めていました。

こよろぎの　磯立ちならし　磯菜つむ
めざしぬらすな　沖にをれ浪

——海藻を採って遊んでいる子たちが波に濡《ぬ》れないように。

このネコはそんな気持ちでいるのでしょう。

やがてパチリと音がし、灯《あか》りが消えました。波止場では、寄せて返す波の音だけが、たえず響いていました。

第四章

ネコにも休息

植物を育てるのが得意なひとのことを、「緑の指を持っている」というらしい。科《しな》田比呂乃《だひろの》の近所にも、そういう類《たぐ》いの人はいる。

季節が変わるごとに、庭に花を開かせたり、比呂乃が名前も知らない花や草木をプランターに寄せ植えしている家もある。秘訣《ひけつ》を尋ねると、決まって彼らはこういう。

「なんにもしていないの」

そんなわけがないだろう。テレビに出演する肌の綺麗《きれい》なタレントが「ずぼらなんで」と自虐感を丸出しにしながらも、勝ち誇ったようになにもしていないことを自慢するのと同じだ。

素がいいから、とでもいいたいのだろうか。それならば植物を「なにもせず」に開花させるのは、元々緑の指を持っている、といっているのと同じだ。

その「緑の指」を、比呂乃は持っていない。公民館のバザーで買ったマリーゴールドの鉢に目を落とす。葉が縮み、花は首を垂らしていた。

それは自分のざらついた気持ちと重なる。子育ては間違っていなかっただろうか、その不安が常につきまとって離れない。

大学卒業時に希望の職に就けなかったとき、ひとり娘の千晶は、

「お母さんがのんきだからだ」

と、比呂乃を責めた。八つ当たりだ。同級生は早くから就職のための準備を進めていたのだというのだから、乗り遅れたのは本人の責任だ。けれどもそうしてふて腐れる娘に、

「悪いのは自分でしょ」

とはいえなかった。

もし比呂乃が社会に出た経験が少しでもあったのなら、的確なアドバイスができたかもしれない。女子アナになりたい、と目を輝かせていた子どもの頃に、もっと真摯《しんし》に相談に乗ってあげていたならば、結果は違ったかもしれない。

けれども、短大を卒業してすぐに見合い結婚をし、翌年には千晶を出産した比呂乃にとっては、女性が社会に出て働く、ということがいまいちピンとこない。高収入の相手と結婚すれば別に無理して働く必要なんてないんじゃないか、などとまったく思っていなかった、とはいい切れない。

比呂乃は植木鉢に両手を添え、目の高さまで持ち上げた。

鉢には三つの株が寄せ植えされていた。家に持ち帰ってきたときには、それぞれの苗に一つずつ、鮮やかなオレンジ色の花を咲かせていた。三輪の花はみな、花びらを茎に向けてカールさせ、半球をこしらえていた。

そっと手のひらで触れ、まるで鞠《まり》のようだな、と思い、鞠だからマリーゴールド、などと駄洒落《だじゃれ》まで思いついてほくそ笑んでいた。それがたった三日前のことだ。

秋晴れとはほど遠く、夏の暑さが落ち着いたと思ったら、今度は雨続きだ。今年はやたらと雨の日が多く、豪雨被害も続いた。年々季節の移り変わりのペースが早まっているとはいえ、さすがに秋の長雨には早すぎるだろう。その日も外出に躊躇《ちゅうちょ》するほどの降りだったけれど、貸出期間ギリギリの本を返すため渋々家を出、図書館に向かった。

帰りに通りかかった公民館の前に、何枚かのチラシが貼られていた。雨除《よ》けのビニール越しに、ポップな絵とともに、バザーの開催を知らせていた。

特に興味があったわけではなかったけれど、重い本を返して荷物が少なくなった分、足取りも軽くなっていた。雨宿りがてら寄ってみようと自動ドアを入る。ロビーには長机が雑然と並んでいた。

あいにくの天候に加え、夕方間近だったせいか、客もまばらだった。見ると、手製の焼き菓子や子ども用の古着におもちゃ、ビーズのアクセサリーなどに、申し訳ないほどに手頃な値段がつけられていた。

材料費にもならないのではないか、と心配になるくらいだというのに、受付には募金箱とともに、売り上げの一部は豪雨被害を受けた被災地に送るチャリティーバザーだと謳《うた》っていた。

なにげなく見て回っているうちに、会場の壁沿いに並べられた植物が目に入る。黒いビニールポットに入った小さな草花や植木が所狭しと置かれていた。屈《かが》んで鮮やかな花弁に顔を近づけると、ハーブに近い清々《すがすが》しい香りがした。

出店していたエプロン姿の女性が、

「どのポットもひとつ百円ですよ」

と気さくな笑みを見せた。比呂乃より少し年上だろうか、おおらかな雰囲気に親しみがわいた。お花を育てるのが苦手だと比呂乃が顔を歪《ゆが》ませると、マリーゴールドは育てやすいから大丈夫、と背中を押してくれた。

「もともと暑さや乾燥に強い花だから、多少の水切れだって平気なのよ。でもお水は大好きだから、たっぷりね」

と相反することをいわれ、一気に自信をなくす。けれどもいくつかのポットの中から、蕾《つぼみ》のたくさんついた株を選び出してくれ、

「次々に花を開かせるわよ」

エプロンで手を拭《ぬぐ》いながら女性が目を細めた。

ポット入りのマリーゴールドは小ぶりで、手渡された袋を提げると、まるでパーティー用のハンドバッグを持っているような華やいだ気分になった。と同時に、命あるものに向ける慈愛も満ちてきた。小さくて大切なもの。まだ幼かった千晶のようだ、と比呂乃は途端にそれが愛《いと》おしく感じた。

まっすぐ帰宅せず、駅前の百円ショップを覗《のぞ》く。普段は立ち寄らない奥まったところに配置された園芸コーナーには、さまざまなサイズの植木鉢が売られていた。頃合いの大きさの鉢は、焦げ茶、薄茶、アイボリーの三色があったが、オレンジの花に似合いそうなアイボリーを選ぶ。

園芸コーナーには、ジョウロやスコップなどの道具だけでなく、花用の土や栄養剤もある。いつか大きな鉢やポットに植え替えるときには、こういうのを使えばいいんだな、とわくわくした。

家に帰って、いそいそと洗面所に向かう。苗に手を添え、ビニールポットから土ごと中身を取り出す。土がこぼれ落ちないよう用心しながら、買ったばかりの鉢に入れる。

「あら、ぴったり」

自然と笑みが漏れる。

アイボリーの鉢に植え替えられ、マリーゴールドの花は、オレンジ色の鮮やかさを増したように感じられた。マグカップをジョウロがわりにし、鉢の上から水を注ぐ。しばらく土の上でたゆたっていた水が、ゆっくりと浸り、やがて鉢の底に空いた水穴を伝ってポタポタと流れ落ちた。リビングの棚から、普段はアイロンに使う霧吹きを持ってきた。新鮮な水に入れ替え、花や葉の上に吹きかけた。細かな水滴を纏《まと》って、キラキラ輝いた。

鉢の下に水受けの皿を添えながら、家中を歩きまわる。寝室、和室、ダイニング。玄関の下駄箱の上やダッシュボード、キッチンの作業台の横にも置いてみる。どこに置いてもとても可愛い。部屋が明るく映えた。

結局、日当たりのいいところがいいだろう、とリビングの窓際に置いた。明日には新しい蕾が綻《ほころ》ぶだろうか、「まりちゃん」と名づけると、幼かった無邪気な娘が戻ってきたようにすら感じた。

娘の千晶は好き嫌いの多い子だった。母乳はよく飲んだけれど、離乳食をはじめた当初から、選《え》り好みをするようになった。コンソメのポタージュや果汁は好んで食べるけれど、おかゆや緑黄色野菜のペーストは嫌った。まだ本人の意思や自我の意識が芽生えるまえだ。にもかかわらず、彼女は気に入らないものは頑(かたく)なに口に入れようとしなかった。

産婦人科の医師は、体重のふえかたも基準内で、別段アレルギーもないといって、比呂乃を安心させようとした。けれども比呂乃は自分が納得できるまで育児雑誌を読み漁《あさ》り、苦手な食材を食べさせるすべを考えることに腐心した。

小学校にあがっても、千晶の偏食と食の細さは変わらなかった。それでも、体格も痩《や》せ型ではあったけれど、他の子と比べて劣るほどではなく、健康診断でもことさらに注意されることもなかった。高学年になって美的意識が芽生えはじめると、スタイルがいい、とクラスメイトから羨望《せんぼう》され、それが彼女の自信にもなった。

高校時代は通学時に弁当を持参するようになった。比呂乃の朝のルーティンに弁当作りが加わった。部活や友だち付き合いで帰りが遅くなる日も増えた。栄養バランスを考えた弁当を用意し、食の進まない朝には、口に入れやすいフルーツやヨーグルトを用意した。米類はほとんど口にしないけれど、パンやパスタは好んで食べてくれる。夕飯には、クリームやチーズをたっぷり使って、カロリーやたんぱく質を取り入れるメニューを繰り返し作った。

もうすっかり比呂乃の作ったグラタンやクリームチキンパスタを食べる機会はなくなったいまも、千晶の食の嗜好《しこう》は変わっていない。でも今年二十八歳になる娘が、これまで大きな病気もせずに、それどころか、孫の梨央まで産んでくれたことに、この上ない喜びを感じる。元気に育ってくれてありがとう、という感謝とともに、これまでの比呂乃の努力が報われたように思えた。

翌朝、洗顔もそこそこに、リビングにいった。カーテンを開けると、まだ明けきらない朝の日射しが、マリーゴールドの鉢を照らしていた。思いの外、輝きが控えめなのが気にかかる。開いていた花の花弁に皺《しわ》が目立っていた。心なしか、葉に元気がないようにも感じた。艶《つや》がなくなり、かさついている。

――水をたっぷり、っていっていたっけ。土はまだ湿っていたけれど、植え替えたばかりなので、水分がもっと必要なのかもしれない。

マグカップに水を満たし、土に回しかけると、前日と同じようにしばらく水溜《みずた》まりを作ったのち、底からちょろちょろと流れていった。再び、水道を開栓し、お椀《わん》形に丸めた左手で水を受ける。溜まった水を、皺の増えた花や縮んだ葉、それに固く締まった蕾に、振りかけるようにして濡《ぬ》らした。

最初に水を与えたときのような力強い煌《きら》めきはなく、乾いた葉が雨に濡れそぼったように、水にまみれていた。

あの日も雨だった。

比呂乃は千晶に結婚相手を紹介された日のことを思い出す。

西脇涼馬と名乗ったその男性は、千晶よりも二歳年上で、都内の会計事務所に勤めているといった。婚約者の親に会う緊張からか、細身のからだを大袈裟《おおげさ》なまでに縮めていた。

千晶が大学卒業と同時に勤めていた花屋の客だと聞いていたが、この気の弱そうな男が、どうやって千晶をくどいたのか、そして千晶がこの男のどこに惹《ひ》かれたのかは想像できなかった。

けれども真面目そうではあるし、安定した職業に就いていることに、安心した。そもそも親である自分が娘の選んだ相手を批難したり反対するつもりは毛頭ない。その日、朝から比呂乃が腕によりをかけて作った料理を、美味《おい》しいです、といいながら食べ、

「ほどよく遠慮し、ほどよく食べるのがいいな」

と、夫が評した。彼も好感を持ったようだった。

「おめでとう。よかったね」

テレビドラマで見るように、相手に三つ指でもつかれ、娘さんをください、などといわれたらどんな顔をしていいのか、と懸念していたので、早々とこちらから声をか

けた。

千晶がはにかんだ笑顔を見せ、ホッとしたのか、涼馬も、よろしくお願いします、と明るい声を出した。

千晶は結婚が決まると同時に花屋の仕事を辞めた。ただ、花屋の職は彼女には向いていなかったと比呂乃は感じていた。その頃にはひとり暮らしをしていた千晶が、たまの休みに帰省するたびに、笑顔が減っていたことが気がかりだった。朝も早く、重労働だと聞いていた。そんな無理をしてまで働く必要があるの？　と何度も口にしそうになった。

だから仕事は辞める、と聞いたときには、せっかく慣れてきたのにもったいない、と思うよりも先に、よかった、と胸を撫《な》で下ろした。もしかしたら仕事を辞めるためにこの男と結婚するのではないか、とも勘ぐったけれども、たとえそうだったとしても、それも彼女のためかもしれない。それに、最終的には母親と同じ専業主婦の道を選んだことに、比呂乃は喜びを覚えていた。

かつて幼い千晶が通っていた学校にも、母親が働いている家庭はいくつかあった。下校しても親は帰宅しておらず、持たされている鍵《かぎ》をつかって家に入る。キッチンのテーブルには書き置きとおやつ、場合によっては夕食を買うためのお金が用意されていることもあるんだって、と千晶が比呂乃の手製のクッキーを囓《かじ》りながら教えてくれた。

「かわいそうねえ」

そんな話を聞くたびに、比呂乃は「鍵っ子」という言葉を用いながら眉《まゆ》を顰《ひそ》めた。けれども、その年頃には多すぎる小遣いを与えているのは、親の後ろめたさのあらわれだということにも気づかず、誰それは毎月いくらもらっているんだよ、と千晶が羨《うらや》ましがった。

「お母さんが家にいつもいてくれるのと、ただお金が置かれているのとどっちがいいと思うの？」

決まって比呂乃はそう尋ねて確認した。自分の作り上げた家庭が正しいと認めたかったからだ。共働きはもちろん家計のためだろう。けれども、と比呂乃は思う。パートの時給などたかが知れている。働きに出るためには服を新調することもあるだろう。ノーメイクというわけにもいかない。休憩時に喫茶室や売店で無駄遣いをすることもあるのではないか。時間のやりくりに明け暮れ、疲れ果てた末に体調を崩しでもしたら元も子もない。

そんな無理をするよりも、自宅で節約をしながら暮らしたほうが経済的だ、ということはないのか。

スキルのない女性ひとりが働きに出たところで、一家を救うほどにはならない。そうした女性は、家庭とは別の世界を持ちたいだけの我儘《わがまま》にすら感じることがある。結婚後も独身時代からの職を続ける女性に対しても、華やかで自由な自分自身を失いたくないのだろう、と冷ややかな目で見てしまう。

お金を払って子どもを他人に預けてまでして働きつづける必要などあるのだろうか。たとえば預けた先で事故や問題が起こったら、取り返しがつかないのに、彼らは自分のことで手一杯で、そこまで頭が回らないのだろう。


涼馬が挨拶《あいさつ》にきた翌月、比呂乃は夫とともに北関東にある相手の実家に赴いた。比呂乃夫婦よりもそれぞれ五歳上の両親が、こんなに可愛らしい娘ができて嬉《うれ》しい、といってくれた。三人いる子どもは、みな男の子だから、と母親はまるで新しい友だちができた少女のようにはしゃいでいた。手塩にかけて育てた甲斐《かい》があったと、帰り道に夫と手を取り合って喜んだ。あのたまらなく満ち足りた気持ちは、忘れようがない。

嫁いだ千晶が相手の実家に嫌われないようにと、結婚後、比呂乃は折々の挨拶は抜かりなく行った。そこまでしなくても、と夫にも呆《あき》れられたけれど、できることはしてあげたかった。

夏には酒好きの義父のために、銘酒を厳選し、冬には地方の名産品を選んで送った。北海道の毛蟹《けがに》、東北の殻付きのホタテ貝、北陸のブランド牛、九州の高級明太子……。

たとえ近場でも旅行に行けば、お土産を買うのを欠かさなかった。

女の子を育てたことのない親にとっては、たとえば娘が口答えすることなど想像もできないだろう。比呂乃の前では平気で使う乱暴な言葉や、不貞腐《ふてくさ》れた態度を目にするたびに、千晶に注意していい聞かせた。

「ちょっとのことでも驚かせるだろうから、気をつけなさいよね」

自分のマグカップを手にキッチンから戻ってくる千晶が、適当な相槌《あいづち》を打ちながら、足でドアを閉める。

「ほら、そういうところ」

両手が塞《ふさ》がっていたりすると、比呂乃もついやってしまう癖だ。教えなくともそんなところばかり真似されてしまうのかと、ぞっとし、千晶がやることで、お里が知れる、と比呂乃や夫までバカにされるのだろうと想像し、怖くなる。

「わかってるって」

鬱陶《うっとう》しそうにあしらったあとで、ため息まじりに漏らす。

「でもお義父さんもお義母さんも、ずっと働いているから、そんな世間知らずな人たちじゃないよ」

向こうの両親は、どちらも公務員で、異動も重ねてきたのだと聞いていた。けれども職場の部下と息子の嫁とはわけが違うはずだ。

「面倒くさくっても頻繁に会うことで、かわいいな、って思ってもらえるようになるんだから」

と、しつこいほどに口添えする。

「それは大丈夫。ちゃんと月一でむこうに行っているから」

手土産を持参して顔を出しているんだ、と聞き、それにはホッとする。

こちらには月一どころか年に数度しか顔を出さないのに……と寂しくもなるが、それよりも千晶が向こうの家で可愛がられることのほうが大事だ。ちっぽけな感情で張り合っても仕方ない。比呂乃は自分にいい聞かせる。

咲いていた三輪の花が、揃って頭を垂らしたのは、昨日の朝のことだ。日に日に元気がなくなっていくマリーゴールドのことが心配でならなかった。

直接光を当てたほうがいいだろうか、と日中はベランダの日当たりのいいところに出した。強風が葉を縮ませたのかもしれないと、宅配便の段ボールを解体し、風避《よ》けの囲いを作った。

花は頭を垂らしてはいたけれど、萎《しぼ》んでいるわけではない。うまく水が回り、日光を浴びれば、また元気になってくれるだろう、そう願って、土と花に水を浴びせた。

うまくいっていたはずの千晶の嫁ぎ先との関係が変化したのは、いつからだったのだろう。比呂乃はそれにまったく気づいてあげられていなかった自分を責める。

彼女らが結婚した年の夏、お盆やすみに合わせて旅行をした。互いの両親へのお礼と懇親に、と千晶が涼馬と企画し招待してくれた。新婚夫婦に比呂乃と夫、涼馬の両親の総勢六名の旅だった。
箱根《はこね》の名所を大型タクシーを貸し切ってまわり、温泉旅館では豪華な会席料理が用意されていた。

こんな贅沢《ぜいたく》な旅行をさせてくれる相手と千晶は結婚したのだ、と比呂乃は嬉しかった。やわらかい湯の温泉に、その夜、何度も入った。

涼馬の両親も終始機嫌がよく、いい娘さんが来てくれた、と殊更に千晶を褒めた。
あのときは、早く孫の顔がみたい、と義父が口にし、義母がそれを嗜《たしな》めていた。けれども、私たちも同じ考えですよ、と義父の言葉に賛同すると、新婚夫婦は顔を見合わせてくすぐったそうに笑っていた。

それなのに、と比呂乃はさきほど千晶が残していった言葉の余韻を拾い集めるように、佇《たたず》む。

珍しく千晶から連絡があったのは、昨夜遅くのことだった。

「明日《あした》、行ってもいい？　涼馬さん遅いみたいだから。梨央も連れていく」

結婚して間もなく妊娠して産まれた梨央を連れてきたのは彼女の三歳の誕生日以来。半年も前のことだ。久しぶりの娘と孫の帰省に心が躍った。冷蔵庫を開け、台所の棚を覗《のぞ》き、食材や調味料の在庫を指を折りながら確認した。

おふくろの味、というのは一般的には肉じゃがや味噌汁《みそしる》だろう。家によって味が違うために「実家のカレー」に懐かしさを感じる人もいるかもしれない。

けれども千晶はそのどれもが好きではない。帰省に合わせて腕によりをかける親とおなじく、比呂乃もホワイトソースを丁寧に作った。

「お母さんのグラタンは最高だね。真似してみるんだけど、なかなかこの味は出せないんだよね」

とオーブンから出したばかりのグラタンにスプーンを差し入れる千晶を眺める。レストランで食べるグラタンよりも、とろとろでやわらかめに仕上げるのが比呂乃のグラタンだ。

「そんなに急いで食べると舌を火傷《やけど》するわよ」

目を細めると、懐かしい味が後押ししたわけではないだろうが、千晶がぽつりと漏らした。

「西脇のご両親って、子どもがあんまり好きじゃないみたいなんだよね」

さっきまでおおはしゃぎして走り回っていた梨央は、遊び疲れたのか、ソファで寝息を立てている。

西脇家には三人の息子がいる。千晶の夫の涼馬が次男だ。長男夫婦には子どもがなく、三男は独身だ。孫は梨央ひとりだ。自らの子育てからは遠ざかっている。おそらく両親は幼い子どもに慣れていないのだろう。連れていった梨央が泣きだすと困った顔をされるし、進んで抱きたがりもしないという。

可愛い盛りで、「ばあば」と呼んで甘えてくれる孫を、比呂乃は独り占めしたくもなる。嫁ぎ先の親にとっても同じ考えだろう、千晶が結婚当初から欠かしていない月一の訪問を、喜んでいるにちがいない、そう思い込んでいた。

「最初のうちはそんなこともなかったんだけど、最近はまた来るの？　って顔されるんだよね。頻繁に顔を出していたのが仇《あだ》になっちゃったかな」

よかれと思っていたのに、と俯《うつむ》いた。顔にかかった髪をかきあげる仕草が、疲れてみえた。

　孫のことを可愛く思わない人などいるのだろうか。千晶の思い過ごしではないのか。

「ベビーシッターがわりにされたと思われたのかしらね」

　比呂乃が想像を膨らませていると、千晶は無言で首を左右に振った。

「長居はしないように気をつけていたから。でもそういうのって子どもにも伝わるのか、梨央もあっちの家にいるとぐずることが多くなっちゃってさ」

　梨央が寝返りを打って、お腹にかけたブランケットがずれた。

　梨央の脇に跪《ひざまず》いてブランケットを整えた千晶が、まあ大したことじゃないんだけどね、と息を漏らして話したのは、こんな出来事だった。


　いつものように、夫の実家を訪れた日のことだ。娘を連れていっても喜ばれるどころかかえって疲れさせるだけなのならと、その日は地区のボランティアがやっている一時保育に梨央を預けた。

　久しぶりに娘の手が離れた解放感から、気分も高揚していた。手土産にと決めていた季節限定のフルーツのデザートは、午前中には売り切れるほどの人気商品だという。

　けれども、せっかくだから、と早めに家を出て、開店前のデパートに並んだ。

　なんとか残り数箱のうちの一箱を購入し、地下鉄を乗り継いだ先にある西脇家に行く。近況を報告しているうちに、義母がお茶の準備をはじめ、千晶もそれを手伝う。

「まあ、生のマスカットがそのまま入っているのねえ」

千晶の手土産を口にした義母が目を丸くした。マスカットを丸ごと求肥《ぎゅうひ》で包み、砂糖コーティングした菓子だ。

「人気なんですよ」

いそいそと個装の包みを開く。フレッシュな果汁が口に広がり、砂糖がシャリッとした音を立てた。酸味と甘さの絶妙なバランスに、これは人気商品なだけのことはある、と納得する。ただ、千晶自身もそれを食べるのははじめてだったから、つい調子に乗ってしまったのかもしれない。デパートの開店時間に合わせて並んでまでして買ったのだと告げた。

すると、種が入っているのが食べづらいな、と苦言を呈していた義父が、べたつく手をおしぼりで拭《ぬぐ》って、苦々しい顔をみせた。

「デパートの開店ねえ」

やれやれ、と肩を竦《すく》め、

「千晶さんは働いていないから、時間がたっぷりあって羨《うらや》ましいよ。涼馬の稼ぎでこんな珍しいお菓子も買えるんでしょ。そういうの、有閑マダムっていうんだっけ?」

にやりと笑った。嫌みかジョークかは受け取る側によるだろう。

梨央は今日は一時保育に預けてあるからゆっくりできる、と伝えれば、

「いまのひとたちはいいわよねえ、私たちの頃なんて誰かに預けるなんて後ろめたくてね。自分で育てるしかなかったのよ。どこにも行けやしなかった」

義母が夫や社会への愚痴も交えながら、自分の母親に子どもたちを預けながら職場復帰をした日々が、どんなに大変だったかを話す。

「それがむこうのご両親の本音かもね。私なりに一生懸命やっていたんだけど、裏目に出ちゃった」

比呂乃の前で、えへへ、と頭を掻《か》く千晶の目はかすかに湿っていた。

「梨央を連れていったほうがいいのか、それとも訪問自体を控えたほうがいいのか、わからなくなっちゃったよ」

家族とはいえ距離感って難しい、と下を向いて独り言のように呟《つぶや》いた。そして大したことじゃないんだけどね、とさっきもいった言葉を繰り返した。

比呂乃は千晶を手塩にかけて育ててきた。それなのに、育てた娘が傷つくような事態が起こる。もちろん彼女のいうとおり大したことではない。もっと辛《つら》い立場にいる嫁も多いだろう。若い頃は姑《しゅうとめ》や結婚前の小姑《こじゅうと》から小間使いのようにされ、当時は比呂乃もやりきれない想いをいくつも抱えていた気がする。

けれども、別の出来事や他人と比べてどうこうというのは問題ではない。娘が精一

杯やっているのに、悲しい気持ちになったことは紛れもない事実。母親として自分がどうしていたら彼女が傷つかずにすんだのだろうか、と比呂乃は自らの至らなさに落ち込む。

「西脇のご両親って働きながら三人の息子を育て上げた自負があるんだよね。家庭に入ってのほほんと暮らしている私みたいなのは、能力もないんだってバカにされているのかな」

彼女は仕事を辞めたことを、いまになって後悔しているようにも見えた。仮にもっと社会で揉《も》まれていたのなら、処世術を学べたのだろうか。義父や義母のちくりと刺さるような嫌みを、さらりとかわすだけの度量を培うことができたのだろうか。

比呂乃も娘もろくに社会を知らない。生き方がいっこうに上達しないのはそのせいなのか、と哀れに思えてくる。

帰り際、すっかり寝入ってしまった梨央を抱き上げて千晶の胸に預けた。

「涼馬さんはわかってくれているの？」

潜めた声で尋ねる。

「話せるわけないじゃん。自分の親の悪口なんて聞きたくないでしょ。それにいつも忙しそうで、ゆっくり相談する時間もない」

寂しそうな笑みを見せた。

もう一歩踏み込んで、聞くべきだったろうか。夫婦仲は大丈夫なのか。千晶の悩みや育児に親身になってくれているのか。けれどもそれを聞くのが比呂乃には怖かった。なんとか保っている彼女の幸せが壊れるのを見るのが、いたたまれなかった。

千晶が帰ったしんと静まった台所で、洗いものをする水の音だけが聞こえていた。

「そうだ、中に入れてあげなきゃ」

我に返る。サッシを開けると、横殴りの雨が降り込んできた。朝から外に出していたマリーゴールドは、鉢も花も葉も、雨にじっとりと濡《ぬ》れていた。三輪の花は、今朝みたときよりも、深く頭を垂らし、開いていた花弁から色をなくしていた。

自分が築きあげてきたものなんて、あっけなく崩れてしまうのか。律していたものを外すと、いっぺんにがたがたと壊れていきそうだった。

そういえば、と比呂乃は思い出す。昔、不思議なネコに出会ったのは、こんな感情が溢《あふ》れていたときだった。

そう、あの夕方も降りだした雨が窓ガラスを叩《たた》いていた。

あのときの比呂乃は子育てや家事に追われるめまぐるしい日々を送っていた。常に時間がなく、四六時中疲れ果てていた。自分のことにまで構う余裕などなかった。

千晶は小学校五年生だった。学校でちょっとしたいざこざがあった。昼休み中、十名弱の児童が校庭で長縄跳び遊びをしていたときのことだ。

子どもの頃には、周期的にひとつの遊びに熱狂する時期があるのは、比呂乃にも覚えがある。あやとり遊びや鬼ごっこ、占いやら心霊めいたもので盛り上がるときもある。男児だとドッジボールやバスケットボールなどが定番だろうか。それらは盛り上がっては、やがて飽きられ、別の遊びへと変わっていく。

千晶たちはその頃、給食を終えると、校庭に出て、クラスメイトと長縄跳びをするのに夢中になっていたようだ。遊びはだんだんとエスカレートしていき、縄をまわすスピードを上げたり、途中で回転を逆にするなどの趣向を凝らしていた。

大いに盛り上がっていたその最中、参加していた児童のひとりが縄に足をかけたのをきっかけに、それまで飛んでいた列が乱れた。数人が将棋倒しのように倒れ込んだ。

さいわいにも大きな事故にはならなかった。それでも何人かの膝《ひざ》には擦り傷や切傷ができ、保健室に駆け込んだ。最初に足を引っかけた児童は軽い捻挫《ねんざ》をし、大事を取って、と病院に運ばれた。

翌日、その縄跳びに参加していた児童の親が学校に呼び出された。千晶はそれまで問題を起こすような子ではなかった。こうして呼び出されるのもはじめてのことだった。

放課後の教室には、神妙な顔をした保護者、みな母親だったが、比呂乃を含め八名、ほかに担任と学年主任の教諭がいた。担任が事の成り行きを説明し、捻挫をした児童の母親には同情の目が向けられた。

「たまたま起こったことですから。悪意があったわけではないのですし、みなさん気にしないでください」

時が経てば治る、と笑顔まで見せるその母親に申し訳ない気持ちでいっぱいになったが、他の親同様、比呂乃も頭を下げるしかなかった。その場にいた親の誰かが提案し、お見舞いとし、数千円ずつ集めて、その捻挫した子の母親に渡した記憶がある。

「一応、教育委員会には報告します。課外の遊びとはいえ、ちょっと行き過ぎだったのではないか、と我々も感じています。もちろんこちらの監督不足ですが」

主任の棘《とげ》のある口調が項垂《うなだ》れる比呂乃の心に刺さっていく。怪我人がでたそのときに、縄跳びの縄を回していたのが誰だったかは、学校側の配慮から明らかにされなかった。

千晶ではないといい、ついそう願ってしまう自分がいた。けれども、まわりの空気から、もしかしたら千晶が当事者なのかもしれない、とも感じていた。

おとなしい素直な子だと思っていた。友だちと無茶な遊びをして、迷惑をかけることなど皆無だと思い込んでいた。

「どうしてそんな乱暴なことをしたの。そんな子に育てた覚えはないわ」

学校から戻ると、既に帰宅していた千晶を厳しく咎《とが》めた。

「付き合っているお友だちが悪いんじゃないの？」

思わず交友関係に責任転嫁したのは、自らの子育てのせいではない、と思いたかったからかもしれない。叱責《しっせき》する自分の浅ましさを見透かしたように、千晶が比呂乃を睨《にら》みつけた。

通わせていたそろばん教室に行くにはまだ早い時間だったのに、千晶は教材を入れたバッグを肩にかけ、乱暴に玄関のドアを閉めて外出した。

一気に疲れが押し寄せてきた。すっかり日の暮れた部屋は薄暗く、けれども電気を点《つ》ける気力すら残っていなかった。細かい雨が降る音がかすかに聞こえてきていた。

比呂乃はこれまでずっと夫と娘のために懸命に生きてきた。自分が寝込んでしまっては、家庭が回らない、と風邪をひくことすらできなかった。自分のことはすべてあとまわしにして、懸命に家族のために走ってきた。けれども、もうなにもかもを放棄して、ひたすら夢の世界に逃げ込みたい、そう願って、言葉が口を衝《つ》いて出た。

「このまま寝込んじゃいたい」

すると、

「誰か俺のこと呼んだか？　それともねこまんまでも作ってほしいのか？」

サバトラ柄のネコが二本足で立って、比呂乃に向かってこういっていたのだった。


そぼ降る雨の音が絶え間なく聞こえていた。早くベランダの洗濯物を取り入れないと、と立ち上がろうとして、足がもつれた。足元を見ると、白い砂に足が取られていた。

ざあー、ざあーという音は雨ではなく、波が打ち寄せる音だ。

「海？」

本当に寝込んでしまったのだろうか。夢の中にいるようなふわふわした感覚に溺《おぼ》れながらも、比呂乃はいやに冷静になっていた。顔を上げると、そこには、やはりサバトラネコが立ちすくんだまま、深緑色の目で比呂乃をじっと見ていた。

「あの、あなたは誰？」

「誰って決まってんだろ。見てのとおりネコさ、料理上手のネコシェフさ」

「はあ」

混乱した糸を丁寧にほどくように、頭の中を整理していく。比呂乃は千晶の学校に呼び出された事実に動揺していた。親としてやってきたことが間違っていたのか、子育てはそもそも失敗だったのだろうか、そんなことを考えて落ち込んでいた。千晶にも冷たく突き放され、自分の存在意義を失っていた。

やりきれない気持ちのまま、「寝込んじゃいたい」と呟《つぶや》いたのだった。

「俺もちょうど飯が食いたいな、と思っていたところさ。一緒に食おうぜ」

さっと比呂乃に背中を見せた。ネコの背には、グレーの縞模様《しまもよう》が規則正しく描かれていて、同じ柄が続く長い尻尾《しっぽ》をピンと立てて歩いていく。

あたりは真っ暗闇で、波の音だけが、ざあー、ざあーと聞こえてくる。ネコが両手で包み込めるくらいの小さな顔をくるりと動かし、よろけながら歩く比呂乃を振り向く。

「あの波止場で店をやってるんだ」

こちらの戸惑いをよそに、ネコはずんずんと歩いていく。目を向けると、真っ暗闇の中に、ぽつんと裸電球の灯《とも》った建物が目に入った。近づいていくと、そこは朽ちた材木を使ったカウンターがあるだけの、粗末な掘っ立て小屋だった。カウンターの手前にはこちらも風雨に晒《さら》されて古びたビールケースが、ひっくり返しになって無造作に置かれていた。

「そこに座って、ちょっと待っていろよ」

と、シェフと名乗ったネコがそのビールケースを指さした。思えばネコに細い指先があるわけはないのだ。ただ前脚を伸ばしただけだったのだろうが、そのときの比呂乃には、器用そうな人差し指がしっかりと見えていたように思えてならない。

カウンターの向こうに立つと、すっと背筋を伸ばす。顔をきりりとさせ、コホンと咳払《せきばら》いをしたのち、

「目には青葉山郭公《ほととぎす》初鰹《はつがつお》」

歌うように俳句を呟いた。

途端に比呂乃の頭に、耳にしたことのあるその句の描く風景が描きだされた。

「いい季節なのにね。今日は生憎《あいにく》の……」

口にしてから、この海辺には雨が降っていないことに気づく。蒸し暑い日だったはずなのに、比呂乃の頰を撫《な》でる風はからりと心地いい。

「山口素堂《やまぐちそどう》」

この句を詠んだ俳人の名前だという。ネコの説明によると、江戸《えど》時代に活躍した山口素堂は松尾芭蕉《まつおばしょう》とも親交が深かったそうだ。

「博学なのね」

感心する比呂乃をちらりと見て、ネコは説明を続ける。

素堂は漢詩や能楽にも詳しい知識人で、漢文の知識を取り入れた作風は、芭蕉の句作にも影響を及ぼしたんだ、とひとしきり解説したあとで、比呂乃に尋ねる。

「さあ、この句を聞いて、あんた、どう思った？」

俳句には詳しくない。戸惑いつつも、

「気持ちのよさそうな初夏の風景……かしらね」

頬を撫でる風が、潮の匂いのそれから、新緑に変わった気がした。

「そうだよな。きっとこの句を聞けば、誰もが瞬時にそう感じる。知識云々《うんぬん》じゃないんだ。理詰めで塗り固めて論じるよりも、感じるままのほうが、時にはいいこともあるもんだよ」

ネコは続けてこんなこともいった。

「俺たちネコは、目もそんなによくないし、色だってあんまりはっきりわからない。けどものの善し悪《あ》しは、直感でわかるんだ」

と、ヒゲをピンと張った。

「ただし、耳がいいのは自慢さ。かすかな羽音だって聞き逃しゃしないからな。人間もさ、頭でっかちになってないで、心の声っての？　そういうのを聞き分けるのが大切なんじゃねえのか？」

そうこうしているうちに、ネコは手際よく調理を進めていき、ほどなくして比呂乃の前にコトリと音をたててどんぶりが置かれた。

「ほい、ねこまんま」

こんもりと盛られた鰹節が、炊き立てのごはんの湯気と一緒にゆらゆらと躍っている。山盛りの鰹節の頂上が、カルデラのようにへこんでいた。

「これは？」

「バターを溶かしてんのさ。醬油《しょうゆ》をこうやってな」

といいながら、ガラスの醬油差しから回しかける。

「おっと、忘れてた」

小口切りしたネギをぱらりと振りかけた。

削りたての鰹節は、ぎゅっと凝縮させた旨《うま》みがある。これが和食の「出汁《だし》」なのだと、改めて感じ入る。とろりと溶けたバターはほどよい塩気があり、鰹節やご飯と混ざり合うことで、ジューシーで深みのある味わいになっている。

ネギは味のアクセントになり、とても単純な料理なのに、ちっとも飽きさせない。このどんぶりの中のすべてが、いい塩梅《あんばい》で調和して、このうえない美味《おい》しさへとつながっている。

かふっ、かふっという音に顔を上げると、カウンターの向こうで、ネコが比呂乃と同じねこまんまに夢中になっていた。もっとも彼のどんぶりには、バターや醬油、ネギも載っていない。

「美味しそうに食べるのねえ」

比呂乃が目を細める。今朝の千晶の行動を思い出す。不機嫌そうではあったけれど、朝食は完食した。トーストとグリーンサラダ、最近彼女が気に入っているヨーグルトドリンクも飲み切っていた。ちゃんと食べているのならきっと大丈夫、そんな確信が比呂乃の気持ちをわずかながら落ち着かせていた。

早くもどんぶりを空っぽにしているネコをみながら、さっきかけられた言葉を繰り返す。

「心の声……」

信じてあげよう、きっとあの子は大丈夫だと。

コツッと音がしたかと思うと、調理台で鰹節が転がっていた。ネコがそれに爪を立てて引っ搔《か》こうとしていた。

「採ったカツオを捌《さば》いて茹《ゆ》でて、燻製《くんせい》にする。その後、燻製と寝かしを繰り返す。そうすっとこんなにカチカチの鰹節になるんだ」

できあがるまでに、一ヶ月から長いものだと半年くらいもかかるらしい。赤黒い鰹節を叩《たた》くと、コンコンと音を立てた。

「だからカツオって漢字で書くと魚偏に堅い、なのね」

比呂乃がなるほど、と窄《すぼ》めた口の前で手を合わせる。

「当て字で『勝男』って書いたりもするから、縁起もいいお魚よね」

「なかなか詳しいじゃないか」

ネコがニヤリと笑うと、口の端からご飯粒がぽろりとこぼれ落ちた。

そのあとシェフのネコは、どこからか青光りした生のカツオを持ってきて、鼻歌を交えつつ捌きはじめた。柵《さく》にした身に塩をふり、串刺《くしざ》しにする。コンロに網を載せると、表面を炙《あぶ》った。

「たたき、ね」

頷《うなず》くと、ネコシェフは炙ったカツオを素早く氷水で冷やした。

厚さ三センチほどもあろうかという大きな一口大にカットし、刻んだ野菜、記憶にあるだけでも茗荷《みょうが》にニンニク、生姜《しょうが》、白髪ネギ、大葉などがあったろうか、それらをこんもりとたたきに載せた。最後にポン酢を回しかけた。

肉厚で濃厚なたたきが、たっぷりの野菜でさっぱりといただける。臭みもなく、新鮮な旨みだけが際立っていた。ポン酢の酸味も手伝って、食が進む。

比呂乃の前で、ネコシェフも薬味を載せていないたたきを口に運ぶ。うまいな、と満足そうに口角を上げた。

残りのカツオは、小さなぶつ切りにする。酒と醬油を混ぜたたれに漬《つ》ける。片栗粉をまぶして揚げると、からりとした竜田揚げになった。魚が新鮮だからだろうか、揚げ物なのにまったく胃もたれしない。口の中でカリッといい音をたてた。

それから、と比呂乃は記憶を辿《たど》る。

海苔《のり》を炙って出してもくれたっけ。

板海苔を、ゆっくりと火で炙っただけのものだったけれど、海苔ってこんなに味わい深いものだったっけ、と驚かされた。

浅草《あさくさ》海苔だ、という。

「海苔って浅草で採れるのかしらね」

比呂乃が浅草寺《せんそうじ》のあたりの風景を頭に描いて尋ねる。

「昔はな。けど江戸のころには、あのあたりじゃあもう採れてなかったらしいな」

江戸時代に刊行された地誌『増補江戸鹿子《えどかのこ》』にも、浅草海苔は、大森《おおもり》海岸で採れた海苔を浅草で製造したものだ、と記されているという。

「じゃあ、浅草っていう地名を冠したブランド名ってことなのね」

パリッと比呂乃がたてた小気味いい音に、機嫌をよくしたのか、ネコシェフは、そのあとで昆布の素揚げも出してくれた。

「海藻ってすごいよな」

「栄養のこと？」

低カロリーなのに、ミネラルや食物繊維が豊富。それは女性誌やテレビの情報番組のダイエット企画では、よく海藻を用いたレシピが掲載されているから知っているだけのことだ。

「もちろんそれもそうだけど。こいつらって根も茎もないんだぜ」

「え、まさか。昆布って下に細い根のようなものがあるじゃない。だってそうじゃなきゃ、浮いちゃうじゃないの」

比呂乃が反論すると、根のように見えるそれは「仮根」とか「付着器」と呼ばれるもので、岩にくっ付くためだけの役割なんだぞ、と、もふもふの胸を張った。

「じゃあどうやって育つのかしら」

植物は地表から栄養分を吸い上げるはずだと、比呂乃が半信半疑で首を傾げる。

「体全体は海水に浸っているだろ。つまり海水から養分を吸収するし、光の届く海底で育つから、光合成もできるんだ」

ネコシェフは、体全体を使ってな、と念押しするように、もういちど同じ言葉を繰り返した。

そうして比呂乃は何時間もその浜辺にいた。ゆるやかな時間が流れていた。いつまでもこの空気に浸っていたいと、夢うつつのうちに思っていた。

けれども一方で、いつまでもこうしているわけにはいかない、と生真面目な本来の比呂乃が顔を覗《のぞ》かせる。現実の世界では、家族が夕飯を待っているはずだ。早く戻らなくては。

昆布やわかめが、ゆらゆらと水中で揺れながら養分を得る姿に、自分を重ね合わせてみる。両手をひろげ、足を踏ん張って、大地に立つ。空から燦々《さんさん》と降り注ぐ太陽の光を存分に浴びる。口を大きくあけ、深呼吸して、すべてを受け入れ、明日という日に歩を進める。

意を決し、席を立つ。代金を支払おうと財布を開けると、

「金はいらねえよ」

ネコがぷい、と横を向いた。それから思い直したのか、開けた財布にくっと顔を寄せた。

「お札?」

千円札を取り出すと、首をぶるんぶるんと横に振り、

「その白い紙」

くいっと顎《あご》を上げた。財布の奥、数枚のお札にレシートが雑多に紛れていた。

「これのこと?」

スーパーでもらったレシートを取り出すと、ぺらっと音をたてたそれをみて、ネコ

がふんっ、ふんっと荒い鼻息を漏らす。

「丸めてくれよな」

指図されるがままにレシートをくしゃくしゃにすると、小石大のボールになった。

ネコの前脚が比呂乃の手のひらに触れたかと思うと、レシートボールが床にコロコロと音を立てて転がった。

サッカーのドリブルをするように、左右の前脚を使って上手に転がしていくのを感心して見ていた比呂乃の視界から、ネコが消えた。と同時に、意識が戻った。比呂乃は自宅の居間でしゃがみこんでいた。

丸めたレシートが出したくしゃっとした紙の音は、シンクに積んでいたビニール入りの野菜が崩れた音に変わった。

そんなことがあったことを、比呂乃は今になるまですっかり忘れていた。夢の中だとしても、これほどまでに不思議な体験をすれば、多少は人生に影響を及ぼすだろう、そう思うかもしれないが、実際はそんなに単純ではない。

けれども、思い返してみれば、あの頃のどこにも持っていきようのない思いをなんとか緩和し、どうにか凌《しの》げたのは、ネコシェフのおかげだった気がする。

簡素なキッチンで調理を終えたネコシェフは、くるんと丸まり、いつしかすーすーと寝息をたてていた。ふかふかのからだがゆっくりと上下する姿をみながら、こんなふうに気の赴くままに休んでいなかった自分を比呂乃は顧みていた。

寝込んでしまいそうだ、と追い込む前に、そうならないように自分のからだの声にも耳を傾けなくては、とそのネコの姿に学んだ。比呂乃が、夫や娘のためだけでなく、自分のための時間を持とう、とやりくりし、できた時間を趣味の読書に充てるようになったのは、あの日の出来事がきっかけだった。

マンションのエントランスを抜けると、すでに雨は止んでいた。吹く風が冷たく感じ、カーディガンのボタンを留めた。

入り口にあったバザーのチラシが取り外された公民館の前を抜け、図書館に入る。

書棚の間を通ると、古い書物が出す紙の匂いに包まれた。

そういえば、あのとき、ネコシェフはこんなこともいっていた。いいお話を聞かせてくれてありがとう、と比呂乃がお礼をいったときだ。

「俺はなんにもいってない。本当の気持ちは、あんたの心の中にちゃんとあったんだろ」

自分の心を、覗き込まれたようだった。

比呂乃はただただ娘が可愛くて大好きで、幸せになってほしい、ひたすらそれだけを願っていた。嫉妬《しっと》や負い目、疲労感を取り除いたあとに残されたのは、母親としてのとても単純な感情だった。


借りてきたばかりの本を開く。園芸関連の本が並んだ棚から「家庭で楽しむ」と書かれたものを選んできた。マリーゴールドは、バザーの売り手がいっていたとおり、園芸初心者向けの草花らしく、本の冒頭に大きな写真とともにページが割かれていた。

日当たりと水やりは大事、との見出しに、そのとおりにやったのにな、とため息を漏らす。

本文を読み進んでいくと、但し書きのように、秋口からは水は控えめに、とあった。ほかにも、水をやりすぎると根腐れを起こすこと、花や蕾《つぼみ》、葉には直接水をかけないように、とも書かれていた。

思い当たることばかりだ。

私はつい、手をかけすぎてしまう。子育てもだ。もっともっと、と必要以上に与え、それによって与えられたほうがくたびれてしまう。大切だからこそ、ほんの僅《わず》かに手を添えるだけでいいはずなのに。

いったん止んだ雨が、また降りはじめたようだ。雨音がとめどなく聞こえてくる。おそらくこの長雨が終わると、季節は一気に進むだろう。肌寒さに身を震わせながら、比呂乃の頭にかつての出来事が次々と甦《よみがえ》っていく。ずっと前の記憶が現在の時空と溶けて混ざり合っていくような感覚だった。

園芸書を丹念に読み進めていた比呂乃が、あっと声をあげる。そこにこんなことが書かれていたからだ。

マリーゴールドの最盛期は、四月から六月頃までと九月から十月頃までの二回ある。基本的には一年に一度開花する一年草だけれど、春先の早い時期に花を咲かせ、摘むことで、秋にも再び開花させることができるのだと記されていた。

雨音の向こうから、比呂乃の耳に、嗄《しゃが》れた声が懐かしく甦ってきた。

「目には青葉山郭公《ほととぎす》初鰹《はつがつお》」

不思議な波止場を訪れたのは、ネコがこう高らかに詠み上げた句にぴったりの季節だった。

「鰹の旬だからな」

と、青光りする生魚を捌《さば》きながら得意げに鼻を鳴らしていた。そのあとで、こう続けた。

「けど、鰹の旬はもう一回あるんだ。戻り鰹って知ってるだろ」

鰹は暖かな海を好む回遊魚だ。春から初夏にかけて黒潮に乗って北上し、黒潮と親潮がぶつかる三陸沖を目指す。この時期に収獲されるのが初鰹。一方、秋にはぶつかった黒潮に押し戻されるようにUターンして南下する。これが戻り鰹だ。秋に収獲される鰹は、餌をぞんぶんに食べ、丸々と太っていて脂がのっているのが特徴だ。

比呂乃はあの日、ネコと一緒に食べた鰹節のたっぷり載ったねこまんまの味を口の中に甦らせる。彼が教えてくれたことを思い出す。鰹節をコンコンと叩《たた》きながら、鰹はこうしてカチカチになって旨《うま》みを出すのだという、

「それに鰹は獲《と》ってすぐよりも、しばらく置いたほうが美味《おい》しくなるんだもんな」

嬉《うれ》しそうに鼻をひくつかせていた。

比呂乃の子育ては、千晶が結婚したことで一段落したように感じていた。ホッとした一方で寂しさもあった。こうして時を重ねたいま、少し離れた場所からだからわかることもあるのではないだろうか。

ぐるりと回って旨みを蓄えるのと同じように、これまで子育てに積み重ねてきた日々も熟練の域に辿《たど》り着くのだろうか。そんな希望を抱くだけでも、報われたように思えた。

子育ては、終わったわけではない。次の段階へと進んだだけのことだ。そしてそれはかつてのような不安ばかりのものでなく、もっとゆとりのあるものであってほしい。戻り鰹が、そして春と秋、二度花を開かせるマリーゴールドがそうであるように、養分を蓄えて。

比呂乃は鉢を洗面所に持っていき、アイボリーの植木鉢から、苗を取り出した。土

がぐらっと崩れ、根が途中で切れた。

「これが根腐れ、か」

比呂乃が水を与えすぎたために、せっかく張り巡らされた根が腐って、分断されてしまったのだ。

用心深く、根のまわりの土を取り除き、しっかりしている株だけを残し、あらためてポットに戻した。

土が湿る程度に、そして葉や花にはかけないようにと、丁寧に水やりした。

ポストに分厚いカタログが届いていた。お歳暮の案内だ。まだ秋口だ。早すぎると思うのに、これまで利用したメーカーやデパートから、既に何通か届いている。リビングの棚にまとめて積んであったそれらに、届いたばかりのカタログを重ねようとし、手を止めた。

「もう、いいか」

積んだカタログを束ね、ゴミ箱に放った。気がすっと軽くなった。千晶の嫁ぎ先の実家への貢物を送る必要はもうない。

せっかくの娘の好意をつまらない冗談でかわされたことへの、比呂乃のほんの小さな反乱だ。こんなことで事態は変わりはしない。もしかしたら、向こうの家とますます距離が広がってしまうかもしれない。それでもいいや、と思えた。

社会に出た経験はない。仕事で得られる価値観や人間関係を教えられる術《すべ》はない。けれども家庭は小さな社会だ。そこで身につけたことは、きっと彼女が強く生きる力になってくれているにちがいない。

親としてしてあげられることは限られている。でも、ずっと味方でいること、彼女の第一の理解者でいること、それは近くにいなくても、手をかけなくてもできる。

植え替えたばかりのマリーゴールドが、にっこりと微笑んだかのように輝いた。つられて笑みを漏らす。そのとき、鉢の脇に小さな小石大の球が転がっているのが目に入った。開いたレシートには、十七年前の日付が印字されていた。

外では秋を深める雨がしとしとと降りつづいている。

第五章

ネコはこの道を歩く

メリーゴーランドが嫌いだった。木馬に乗り、自分が一周している間に世の中が変わってしまうのではないか、それが怖かった。

もちろん、幼い子どもが周回を終え、同じ場所に戻ってきたときに、観客である両親の姿がなくなっていたら、という不安を抱くのは、容易に想像できる。メリーゴーランドに揺られる子どもの中には、一定数そうした不安げな顔も見受けられるはずだ。

けれども一《いち》ノ宮《みや》雛菊《ひなぎく》は、もっと大きな変化、大げさにいえば、この周回の間に世界が終わっていたり、どこかまったく未知の異次元の世界に連れていかれるのではないか、という虞《おそ》れをその乗り物に感じていた。ぐるぐる回っているうちに、回転木馬ごと天に向かって疾走してしまう懸念を、その呑気《のんき》な乗り物に抱いていた。

雛菊は、ひとけの少ない平日の遊園地で、ゆったりと上下する馬を見ながら、そんなことを思い出していた。手にしている赤い風船が、風に揺られることもなく青い空を背景に浮かんでいた。何かのキャンペーンだったのか、入場者全員にゲート前で配られていたものだ。

オルゴール調の軽快な音楽に乗って、花や草木の模様が付けられた木馬が長閑《のどか》に動いていく。平日の昼間のメリーゴーランドは乗客もまばらで、観客も雛菊ひとりだった。

風船の色とそっくり同じ真っ赤な木馬が、誰も乗せずに目の前を通りすぎていく。やがてして、また雛菊の前に戻ってきた。世界は変わらず、木馬が天を目指すこともない。おなじ繰り返しが、なにごともなく続いていく。

――私はなにを怯《おび》えているのだろうか。

四十の誕生日を迎えたのは先月のことだ。二十代の後半に転職して入社したデザイン事務所では、チーフという役割を与えられている。けれどもそれは、先輩が辞めたことによる玉突きによって、自動的にその地位に押し上げられた。同じくらいの立場にいた同僚はすでに独立が決まっており、ほかに適任がいなかっただけのことだ。

前任者の松崎《まつざき》さつきが、夫の転勤に伴う引っ越しを理由に退職したのも同じく先月だった。

「単身赴任って選択はなかったんですか？」

仕事の引き継ぎが一段落したとき、年でいえば八つ上の松崎に尋ねると、当然それなりに悩んだのだと白状されたあと、

「この先、何年一緒にいられるかわからないな、って思うとねえ。まあ、ついて行くかってさ」

彼女より十歳上の夫が定年を迎える日も遠くない。お互いの年齢のことを考えると、これまでのことよりも、この先のことを考えるようになるのだといい、

「モード的には終活だよ」

と笑った。

「先のこと、ですか……」

メモを取っていたノートを閉じた音が、思いのほか打ち合わせブース内に大きく響いた。

「一ノ宮さんはまだまだこれからだから、がんばって」

と松崎は引き継ぎ事項を綴《と》じたファイルをぐっと寄せた。雛菊は渡されたファイルのページを手持ち無沙汰《ぶさた》に開く。

「はあ」

気のない返事に松崎がことさらに明るい声を出して励ます。

「私の年齢になるまで八年もあるんだよ。八年もあれば、なんだってできるでしょ」

そのとおりだろう。けれどもその言葉の前には「その気になりさえすれば」という ただし書きがつくことを忘れてはいけない。

「御園《みその》さんも独立しちゃいましたし、みんなどんどん卒業していってしまいます」

アイドルがグループから脱退するときの表現に、松崎がぷっと吹き出す。

「卒業ね」

御園映実《えみ》は、雛菊よりも一年遅れてこの事務所に途中入社したが、キャリア的には雛菊とほとんど変わりなかった。中堅デザイナーに与えられる仕事は、二人で割り振ってこなしていた。けれども、いくつかの伝手《つて》もでき、ひとりで仕事をしていく目処《めど》が立ったのだろう。一足先に独立の道を選んだ。

雛菊は自分ひとりがいつまでも卒業証書を貰《もら》えない劣等生の気分になって、しゅんとなる。

学校には卒業があった。けれども社会人になると、自分でその区切りを見つけていかなくてはいけない。もちろん松崎のように家庭の事情がきっかけになることもある。けれども、と雛菊は思う。自分は怖いのだ。新しいところに踏み出す勇気がない。独立して保証のない道を選ぶことはもちろんのこと、別の職種や職場へとステップアップしていく自信がない。

それにいったんこの場を離れたら、もう戻る場所がなくなってしまうのではないかと不安になる。結婚しても、出産しても仕事を続けることは可能だ。いまはそういう社会になっている。だとしても、すべての会社が個々の事情に寛容だとは限らない。

自由な働きかただなんて、字面ほどたやすいものではない。

だから、雛菊はこの場所をずっと離れることができない。ぐるぐると回るメリーゴーランドに乗っている間に、もう戻ることのできないどこかに運ばれてしまうのではないか。その不安がいつもつきまとっている。

ポケットのスマホがメッセージを受信する音を出した。それを合図に、雛菊は木馬の前を離れた。

出口に近づくと、親子連れとすれ違った。母親に手をひかれた男の子が、風船を物欲しげに見ていたので、「欲しい？」と尋ねる。これを持って会社に戻るわけにもいかない。喜んでもらってくれる人がいるなら、と差し出す。

「さっきもらったのに、この子、手を離しちゃって」

母親が申し訳なさそうに何度も頭を下げる。

「じゃあ今度はしっかり持っていてね」

屈《かが》んで手渡すと、男の子がありがとう、と朗らかにいって笑みを広げ、かわりに、

「これあげる」

と持ち手になっていた五センチ四方ほどのクラフト紙を差し出してきた。どうやら持ち手だけ残して風船を飛ばしてしまったようだ。留め具の針が浮いていた。

手から離れた風船のように、風に吹かれるにまかせて飛べたなら、いちいち先の不

安を考えずにすむのだろうに、と彼の手に移った真っ赤な風船をもう一度見た。


「田無《たなし》さんが探してましたよ」

社に戻ると、出入り口のすぐ近くの席で、鳥居穂乃花《とりいほのか》が、目にかかるのが煩わしいのか、ちょんまげのように上げた前髪を、両手をあげて結わえ直していた。残暑もすっかり鳴りを潜めたというのに、鮮やかなマリンブルーのワンピースはノースリーブだ。素足に合わせているヒールのないトングタイプのサンダルもぱっと見は夏物のようだけれど、ハラコにファーをあしらった秋の新作だ。二の腕や足を出して目一杯アピールできるのは、若さに自信があるからだろう。

「ありがと」

雛菊はデスクの下で揺れている穂乃花の白い足にちらっと目をやってから、席に荷物を置いた。

田無祐樹《ゆうき》デザイン事務所は、社長の田無以下、七名が在籍している。計九名だった体制から松崎と御園が退社したあとも、増員はされていない。事務所は雑居ビルの一室にある。百平米に満たないフロアには、我々社員のスペースや打ち合わせブース、簡易的なキッチンのほか、奥には社長室もある。雛菊はブースの脇に置かれた給水器に紙コップを置く。冷たい水で喉《のど》を潤してから、社長室のドアを叩《たた》いた。

「一ノ宮です」

どうぞ、という声を待って、ドアを引く。途端にくぐもった臭いのするたばこの煙が漏れてくる。パソコンに向かっていた田無が、灰皿にたばこを押しつけながら顔を上げた。

田無はいくつかの広告デザインの事務所を経て、この事務所を立ち上げた。電車内や街中で目にするような有名な企業のデザインを手がけた実績もあると聞いている。いまもその頃の伝手で、雑誌や広告の仕事を請け負っている。

短く刈り上げたヘアスタイルの似合う精悍《せいかん》な顔立ちや、ダークグレーのTシャツを嫌みなく着こなす彼からは、まもなく還暦を迎える年齢からはかけ離れた独特のオーラが放たれている。

学生結婚をした妻との間にいる一人娘は、先ごろ授かり婚をした。俺もじいちゃんだ、と社員を前に目を細めていた。

「お呼びでしたか？」

雛菊が部屋に充満するタバコの臭いに顔を顰《しか》めながらも、後ろ手でドアを閉める。

「おお、忙しいところ悪いな」

話をする際に、顎《あご》に蓄えた髭《ひげ》を触るのは、田無の癖だ。毎朝丁寧に整えてくるその髭にやった骨張った手を、細い黒縁の丸眼鏡の蔓《つる》に移動させた。

「鳥居のこと聞いた？」

田無は低い声を一段落として聞いてくる。

「穂乃花ちゃん？　彼女がどうかしました？」

雛菊は、ドアの向こうにいる穂乃花に声が届くのではないかと用心して、声を潜める。穂乃花は、専門学校を卒業と同時に田無祐樹デザイン事務所に就職した。入社して一年半、デザイナーとしての経験を積む段階で、フォーマットの決まった仕事や、指示どおりに修正する作業などを任せている。

それ以外にも来客時のお茶だしや電話取り、事務作業も最若手である彼女の仕事だ。他のデザイナーや田無の仕事の補助に入ると、彼らの都合で残業になる日もある。けれどもそれは誰もが通ってきた道だ。なにごとも修業だ、といって片付けてしまうのはいまの時代にはふさわしくないだろう。それでも雛菊の頃から比べたら、新人もずっと身軽になっていると思う。

「今年いっぱいで辞めるんだって。さすがに人員不足だから、募集かけないとなあ」

執拗《しつよう》に顎髭を撫《な》でた。先輩や同僚だけでなく、後輩までも雛菊を追い越して「卒業」していく。いまの子たちに、こんな煩わしい職場は合っていないのだ。そろそろ時代錯誤な体制を変えていくべき段階にきているのかもしれない。

「そうですか」

返事にため息が交ざる。

社員募集の手配はチーフの仕事だ。確か引き継ぎファイルの中ほどに、求人サイトへの依頼方法が書かれていたはずだ。頭を整理しながら、部屋を出ようとする雛菊に、田無が確かめるように尋ねる。指には新たに火をつけたたばこが挟まれていた。

「かわいそうだよな、まだ二十二だろ」

吸い込んだ煙をすぼめた口から漏らす。

「そうですね、専門卒で入社して、一年半ですから」

ようやく仕事を覚えてくれ、任せられることも増えてきた。それなのに堪《こら》え性なく、二年も経たずに辞めていく。一年半、という月日を雛菊は殊更はっきりした調子で口にする。

「その若さで毎日おさんどんするっていうんだからなあ」

田無がたばこを手にしたまま眼鏡を外し、目をこすった。そのままデスクに外した眼鏡を置いた。

「え？　おさんどんって？」

意外な言葉に、雛菊がそれまで相槌《あいづち》を打っていた顔の動きを止めた。

「台所仕事ってことよ」

それはわかっている。

「お母さんの具合が悪いんだって。だから鳥居が幼い弟や父親の面倒を見なきゃならないんだろ」

穂乃花に年の離れた弟がいたとは初耳だ。田無は知っていたのだろうか。雛菊は口をポカンと開けたまま、言葉が出ない。田無はそんな雛菊をよそに続ける。

「あいつの餞別《せんべつ》には調理家電とかが嬉《うれ》しいのかもな。最近は時短のできる便利な電気鍋《なべ》とかあるんだろ」

鍋に材料だけ入れておけば、スイッチひとつで調理が完了するような最新家電の情報は、ネットで調べたらしい。雛菊のほうに回したパソコンモニターには、炊飯釜《すいはんがま》のような形状の画像が並んでいた。田無も新婚の娘にねだられているんだ、とこの時ばかりは目を細めた。

「悪いけど、見繕っておいてやってくれる？」

そういったきり、モニターを自分の側に戻し、目を落とした。失礼します、と会釈してドアの外に出る。肩から力が抜けた。

いまどき退職の理由に親の病気を使う、という古臭い文化が残っていたことに驚かされる。前時代的な仕事の仕方は嫌がるくせに、こういったところは前例を踏襲する。おそらく、ネットの相談サイトかなにかで見たのだろう。

もっと呆《あき》れるのは、それを信じて疑わない田無だ。なにがかわいそう、だ。なにが家電だ。そんなことをしたら、穂乃花に失笑されるか困惑されるかのどちらかなのに、なぜ分からないのだろう。

それとも、田無はすべてわかった上で、騙《だま》されたふりをしているのだろうか。滞りなく「卒業証書」を授与するために。

雛菊は席に戻る前に、穂乃花の背中に目をやる。さっきと変わらずに、サンダル履きの素足をぷらぷら振り、モニターに映し出された経費精算の計算表で、カーソルを動かしていた。

「穂乃花ちゃん、今年いっぱいだって？　いま田無さんに聞いた」

雛菊が声をかけると、決まり悪そうに目だけを上げ、小さく頷《うなず》いた。

「欲しいものあったらせっかくだからリクエストしてね」

独立していく社員には、自分で揃えるには高価なデザインツールをお祝いとして贈るのが恒例となっていた。ポジ写真を扱っていたころには、写真をみるためのコンパクトなライティングデスクやルーペを選んだが、最近ではポジや紙焼きを扱うことは稀《まれ》だ。デスクで使えるシュレッダーやライトなどが喜ばれる。

夫の転勤で退職した松崎には、本人の希望でプロペラのない扇風機を渡した。羽を使わない構造で、どうやって空気を回すのかと、贈ったこちら側が興味津々に盛り上がった。

穂乃花はなにが嬉しいだろう。独身の若い彼女が、仕事もなしに退社するはずがない。転職先がすでに決まっているのだろう。

彼女の好きなブランドのアクセサリーか、コスメを持ち運べるポーチあたりが頃合いか。流行《はや》りのネイルのケアグッズも本人の負担にならない洒落《しゃれ》た贈り物だ。いずれにせよ、最新家電でないことは確かだ。

お母さんの看病、大変だね、といって本人の望みどおりに話を合わせるのも手だろう。けれども口に出した言葉が嫌みに聞こえない自信はない。そのまま席に戻った。

パソコンを起動させ、メールチェックする。午前中から到着を待っていた画像がサーバーに届いていた。しかかりのデータを開くと、雑念から逃れられた。いますべきことをこなす、その任務が雛菊の心を落ち着かせた。

取り組んでいるのは今冬に刊行予定の絵本のレイアウトだ。女性の感性が欲しい、と著者からリクエストがあったらしく、雛菊と御園が担当になった。分担して進めていたが、御園の退社に伴い、雛菊ひとりで最終の仕上げまで請け負うことになっていた。

いまどき男性だから女性だからというのはおかしい。実際、田無は男性ではあるけれど、他の女性社員のデザインよりも優美な作品を作る。ただ、あいにく社内のほかの人間は忙しく、担当が回ってきた。

刊行する出版社の編集担当の吉川《よしかわ》は、笠原《かさはら》という著者の名前を告げ、

「本を出すのははじめての人だから、あれこれ口出ししませんよ」

人によってはうるさく注文をつける著者もいるけれどね、と打ち合わせの際に、耳打ちしてきた。

「あとはデザイナーさんにお任せしますから」

と、本作りはこれからなのに、すでにできあがったかのような晴れやかな表情を見せた。

絵本の場合、本来ならすでに描かれた絵をレイアウトしていくのが我々の仕事だ。けれども今回の本は、子ども向けの本ではない。絵本の形式を取ってはいるけれど、どちらかといえば文章が主体の大人も楽しめる作品だ。笠原が書いた物語に合わせ、絵を書き下ろしてもらう。イラストレーターを決めることからはじまった。

雛菊と御園で分担し、数名のイラストレーターを選出した。お任せとはいえ、著者にとってはじめての本ならなおのこと思い入れがあるだろうと、吉川経由で著者の意向を尋ねると、

「絵のセンスがないから、そっちで決めてくれ、っていわれちゃったんだ」

電話口の吉川が声を潜めた。

「吉川さん的にはどの方がいいと思います？」

編集者の意見を求めると、

「いや、どの方も素敵ですよ」

と賛同され、胸を撫《な》で下ろす。いちおう我々の一押しを告げると、

「きっといい本になりますね」

と満足気だった。

その言葉に後押しされ、ぜひともいい本に仕上げたい、と退社前の御園ともアイディアを出し合いながらデザインを形作っていった。せっかくなら本を作る過程も楽しんでもらいたい、と、著者と編集者には、ラフの段階からしつこいくらいにこまめに確認をとりつつ進めていった。

雛菊たちが提案したデザインを著者の笠原が喜んでくれている、と都度吉川から報告を受け、励みになった。

自分の書いた文章がプロの手を経て書店に並ぶなんて、どんな気持ちだろうか。たまたま通りがかった人が本を手にし、ページをめくることで何かを感じてくれるのだとしたら、それはとても素晴らしいことだ。そうした一端を担えることに、雛菊は誇

りを感じていた。

時間に追われることも多いけれども、雛菊はいつもその先を見据えて仕事をするように心がけている。手に取る読者の顔を想像し、読みやすいように、書かれた想いが伝わるように。〆切のある仕事なのだから迅速なのは当然のこと。次第に本という形になっていくのを見守るように、最後まで手を抜かず、丁寧に進めていく。

今回も企画から刊行まであまり時間のない仕事だったけれども、なんとかいい形で完成に持ち込めそうだ。印刷所に入稿する段階も近づいている。雛菊は仕上げにかかった。


田無がこの事務所を開く前から手がけていた女性雑誌のリニューアルが決まった頃には、穂乃花の退職が翌月に迫っていた。秋も深まり、肌寒い日が続いていた。

三十年以上続くこの雑誌は、定期的に誌面のリニューアルを繰り返してきた。その都度、判型、つまり雑誌のサイズや仕様を変えたり、ターゲット層を見直したりし、時代とともに変化してきた。新雑誌が刊行されては消えていくことの多いなか、こうして長く愛されているのは、そうした真摯《しんし》できめ細やかな誌面作りのおかげだろう。

「ページのフォーマットは俺がやる。あとはロゴ、か。横文字になるんだよな」

打ち合わせブースに集められた社員を前にした田無が、顎髭《あごひげ》に手をやって天を仰ぐ。

「え、ロゴも変えるんですか?」

それまで静かに頷いていた三ツ橋勇也《みはしゆうや》が驚く。素っ頓狂《すとんきょう》に声が裏返った。田無を除けば現在唯一の男性社員だ。

「そうなんだって。小文字で」

これまで漢字二文字だったその雑誌名を、読み方をローマ字にした表記にするという。三ツ橋が左の手のひらを広げ、右手の人差し指を動かす。英字のイメージをしているようだ。

「文字数多いっすね」

「でも、ちょっとお洒落かも」

穂乃花が浮き立った声で反応した。

「こういうのは若いヤツの感性がいいのかもな」

俺は横文字は好かん、と、苦虫を噛《か》み潰《つぶ》したように顔を顰《しか》めながら顎髭をいじっていた田無の目がぎろりと見開かれる。

「じゃあ、ロゴは社内コンペにするか。じいさんの俺は参加しないから」

田無の提案に、それまで淡々と流れていた空気に華やぎが加わった。ロゴやフォーマットといった雑誌の顔になるような大きな仕事は、これまではずっと田無が手がけてきた。我々社員は彼の仕事を補佐する役目だと割り切っていた。滅多にない機会に、雛菊も自然と力が入るのがわかった。

各々が三案ずつ、〆切は一週間後、と決められた。

雑誌名をもごもごと口ずさむ穂乃花に、

「鳥居もこれが最後の仕事になるんだから。思いっきりやりなさい」

と、田無が父親のような慈愛に満ちた笑みを見せた。

もし採用されたら、何か変われるきっかけになるかもしれない。雛菊はかすかにそんな期待を持った。独立や転職への足がかりになったりするだろうか。少なくともチーフとしての自信と信用に繋《つな》がる。英字を並べながら、雛菊は自分の「卒業単位」の取得が実現するのでは、と胸が躍った。

一週間後、会議室のテーブルには、合わせて十八案のロゴが並べられた。

「ちょっと堅いな。スポーツ誌ならカッコイイだろうけどな」

鋭角的な印象の強い三ツ橋の案だ。田無は髭《ひげ》も触らずに真剣な表情で審査していく。他の社員の案にもずばずばと遠慮のない指摘をしていく。そのどれもが的確で、雛菊は田無の審美眼に改めて感心する。

「これは鳥居か？　なかなかいいなあ」

英字を植物の蔓《つる》のように飾った穂乃花の案は、ナチュラルで洗練されていた。いつのまにこんなセンスを身につけたのだろう。細かくみていけば拙いところもみえる。けれどもそれは技を磨いていくことで、容易にカバーできる。きっと彼女はここよりもずっと大きくて有名な仕事を請け負う事務所に行くのだろう、そしてどんどんいい仕事を重ねていくにちがいない。作られたロゴをみて、雛菊はそう確信していた。

「けど、どうみても、これが一番だろ」

社員の顔を見回しながら田無が指を差したのは、雛菊の案だ。

「三つともいいけど、特にこの真ん中のな。ぱっと目を惹《ひ》く強さもあるし、品もいい。それでいて新しい」

田無が評価したB案は、雛菊も一番気に入っていた。雛菊は胸の高鳴りで体がカチコチになるのを感じた。けれどもそれはもちろん、心地のよい緊張感だった。わずかに火照る顔をゆっくりあげると、机の紙に目を落としたまま三ツ橋が呟《つぶや》く。

「すごくいい。今回のリニューアル後の読者層にも合うし、これなら料理やファッション写真も映えそう」

ロゴが入る表紙には、特集に合わせて写真がさまざまに変わる。季節の料理やデザート、インテリア、場合によってはモデルや芸能人が登場することもある。そのどれもを違和感なく引き立たせるのもロゴに与えられた大切な役割だ。

三ツ橋の意見にみなが頷《うなず》くのが見えた。穂乃花も真面目な顔で賛同し、

「B案も素敵ですけど、A案もかわいいな」

と、体をそわそわと動かしながら付け加えた。シックなイメージの強いB案に比べ、細い書体でナチュラルに仕立てたA案は、親しみやすさを追求した。ターゲット層の穂乃花が楽しげにそう言ってくれたことで、雛菊もようやく安心してきて、顔が綻《ほころ》んだ。

「そうだな、じゃあ一ノ宮のA案とB案を送って先方に決めてもらうか」

文字同士の間や文字の形のバランス調整などのこまかなアドバイスを受け、雛菊は最終的な完成に持ち込もうと、デスクに戻る。足取りがわかりやすく軽やかで、恥ずかしくなった。


翌朝、会社に着くといつも通りに給水器でコップに水を入れる。デスクに戻る途中で、打ち合わせブースに目をやると、三枚のコピー用紙が置かれていた。二枚は雛菊が昨日仕上げたA案とB案だが、もう一枚は見覚えのないものだった。

「これって？」

思わず穂乃花を振り向くと、決まり悪そうに頭を掻《か》いた。

「昨日、一ノ宮さんが帰られたあとで、いきなり田無さんがこれを持ってこられたんです」

同じデザイナーによる二案だけよりも、まったく印象の違うものがあったほうが、バリエーションになるだろう、というのが表向きの理由だったようだが、田無は結局、部下が作っているのを見て、羨《うらや》ましくなったのだろう。

「でも正直、これ、あんまりよくないですよね。一ノ宮さんの案のほうが絶対いいですから、A案かB案のどっちかになりますよ」

穂乃花が三枚の用紙を手早くまとめた。誰が書いたのか、それぞれのロゴの下には制作者の名前がご丁寧に記されていた。契約しているバイク便がくる時間が迫っていた。

雛菊はその日はずっと落ち着かなかった。電話が鳴るたび、それがロゴの件ではないかと体がこわばった。夕方も近づいた頃、リニューアルすると同時に編集長に昇進する根本《ねもと》からの電話が入った。

「根本さんからお電話です」

穂乃花が内線で田無に取り次ごうとすると、

「そっちで取るよ」

と、社長室から声が響いてきた。室内に、保留音がイヤに大きく聞こえた。社員の誰もが身を固くして耳を澄ませているのがわかった。

穂乃花の席で受話器を取った田無は、挨拶《あいさつ》もそこそこに、

「お洒落《しゃれ》なロゴだろ、うちのチーフさんが作ったの」

と電話の向こうの根本にではなく、耳をそば立てている我々社員に伝えているかのように、声を張った。

いくつかのやりとりのあと、

「ええ！　そりゃないだろう。伝統？　いやいや、あれはもともとある書体を適当に並べただけよ。工夫もなんにもないよ」

田無の案のことをいっているのだろう、自虐とも取れる言い分だが、確かに彼の案は目新しさのない単純なものだった。誰でも作れる、といわれても頷いてしまえるような、手を抜いた作品だった。

「困るなあ、せっかくコンペまでしたのに。社員に怒られちまうなあ」

はい、はい、といくつかの相槌《あいづち》のあと、受話器が置かれた。張り詰めていた心が萎《しぼ》んでいくのが感じられた。他の社員からも、かすかに息の漏れるのが聞こえた。行き場をなくしたやりきれない空気が室内に広がった。

「俺のに決まったんだって。なんか悪いことしたよ」

伝統のある雑誌にふさわしい、普遍的なイメージが田無の作品にはあった、リニューアルして、あまりに尖《とが》った印象にしてしまうと、これまでの読者が離れていく懸念

がある。たったいま根本から聞いた選考理由を田無がぽつりぽつりと口にする。

「あんなダサいのを選ぶなんて、根本は見る目ないんじゃないかなあ。一ノ宮のほうがいいのにな」

くどい。言葉を重ねられるほど、自分が惨めになっていく。力不足だ。自分の作品には、社長の名という忖度《そんたく》を凌《しの》ぐほどの魅力がなかったのだということだ。

そう納得させようとしても、結局はこの会社は田無のものなのだ、という現実から離れられない。当然ながら最終決定はいつだって田無にあるのだから。

西脇千晶、旧姓科田千晶は、中学時代からの親友だ。一貫校だったため高校まで一緒の学校だった。大学は別々だったが、実家も近く、卒業してからも以前はなにかにつけて会っていた。けれどもここ数年はお互いの時間の融通がきかず、たまにメッセージをやりとりするくらいだった。一人娘の梨央ちゃんが高校生になって、少しは落ち着いたのか、珍しく夕飯を誘ってきた。

普段使わない駅だったせいで、地下鉄の乗り継ぎに手間取った。数分遅れて待ち合わせ場所に着くと、ダウンジャケット姿の千晶がスマホに目を落としていた。

「都会でバリバリ働く人が、そういうことという？」

遅刻を詫《わ》びると、千晶が顔を綻ばす。年齢を重ねたとはいえ、彼女の凜《りん》とした美しさは変わらない。相変わらず綺麗《きれい》だな、きっと幸せなのだろう、と常に時間に追われてばかりいて、ギスギスしている自分と比べてしまう。

千晶の結婚は友人の中では早いほうだった。夫は卒業後に勤めていたフラワーショップの客だったと聞いている。ごく身近な親戚《しんせき》や友人だけのパーティーが催され、その場ではじめて紹介された。結婚当初に、彼らの新居に招かれた。甲斐甲斐《かいがい》しく家事を手伝う夫の姿に、我の強くない、優しそうな人だな、という印象を持った。

あれから二十年くらい経つのだろうか。優しい夫に可愛い娘。穏やかで理想的な家庭を千晶はちゃんと築き、維持している。

ショッピングモール内の中華料理店に入ると、屋外のテラス席に案内された。雪でも降りかねない寒い夜だった。けれども日頃浸りきっている室内や電車内のぼんやりした暖かさから解放され、凜とした冷たい風がかえって心地よかった。相変わらず忙しいんだ、と雛菊が愚痴ると、専業主婦の自分は暇を持て余している、と千晶が笑った。彼女の柔らかな笑顔に、癒《いや》されている自分がいた。

少子化といわれて久しい。ニュースを聞くたびに、あなたは社会に貢献していないのだ、と名指しで非難されている気分になる。結婚も出産もしなかったのは、できなかったからではない。しなかったのだ。選ばなかったのだ。

だけども、いまとなってはそれでよかったのかも、わからない。

「雛菊はえらいよ」

そんなことをいわれて、耳を疑う。同僚や後輩は自らの歩む道を着実に歩んで進歩していく。置いてきぼりを食ってばかりいる雛菊は、自信のあった作品も採用には至らず、足踏みどころか後退すらしていく。千晶が産んだ子どもは高校生になったというのに、同じ学生時代を過ごした自分は、社会で生きるのだという選択をしたにもかかわらず、たいした成果も残せていない。

「ストレスもこの年になるとそれなりに応《こた》えるよ」

不満を漏らす雛菊に、千晶が感心する。

「雛菊はもともとあんまり他人を悪くいったりしないもんね」

他人のことを嫌いにならないのは、自分の至らなさをわかっているせいだ。おおっぴらに「嫌い」といえるほどに、立派ではない。いつだってびくびくして、安全な道ばかりを歩いているだけのことだ。

「冷えてきたね。そろそろ出よっか」

ぽつりと漏らした千晶の声が、どことなく寂しそうに聞こえた。「なにかあった？」と尋ねようとしたけれど、スマホに目を落とす彼女は、娘の帰宅時間が気になっているようだった。

「じゃ、またね」

手を振って回れ右する。瞬間、別れが惜しくなり、振り返る。学生の頃のように何もかも打ち明けあえたらどんなにいいだろう。抱えている悩みがあるなら、聞かせてほしいし聞いてもらいたい。けれども大人の心がブレーキをかける。ただ、彼女に向かい合い、大丈夫だよと手に力を込め、細い腕を叩いた。

階段を降りながら、なぜだろう、自然と涙が滲《にじ》んだ。改札口でスマホを取り出す。画面には数分前に着信があったことを知らせるランプが点滅していた。千晶は自分の築いた家庭に戻っていく。自分は自分の日常に戻ろう。常に追われるばかりの日常が続く、自分が選んだその道に。雛菊は着信履歴からすぐに折り返した。

電話をしてきたのは、入稿したばかりの絵本の編集者の吉川だった。事務所に電話をしたら、すでに退社した、と聞いた。急ぎの案件だったから、メールやメッセージではなく、直接電話をしてしまった、という口調から焦っているのは伝わってきた。

「印刷で何かありました？」

入稿後に、データの不備などで修正が入ることはままある。どちらかといえば入稿したデザイナー側のミスということが多い。多少の修正ならすぐに対応できるが、場合によってはデータすべてを差し替える作業を求められることもある。

この駅から会社に戻るにはどの路線を使うと早いだろうか、すでに頭の中では帰社して作業をする算段を整えはじめていた。

「それがさあ」

吉川がふいに馴《な》れ馴れしい口調で話しだした。

「入稿しました、ってことでプリントアウトをさ、著者の笠原さんに見せたのよ。そしたらダメ出しが結構あってさあ」

参っちゃったよ、とへらへら笑いながら吉川が続ける。

「男の子の名前の変更、あとイラストも一部差し替えたいんだって」

「え、いまからですか？」

何度も見せて確認してきたことだ。どうしていまになってそんな大きな修正を訴えてくるのか。

「ほんと、申し訳ない。一ノ宮さんのデザインは概《おおむ》ね気に入ってくれているのよ」

概ね……か。雛菊は目の前を足早に通り過ぎていく人たちを、ぼんやりと眺める。この作品にかかった時間に思いを馳《は》せる。無駄骨、という言葉が頭をよぎり、首を振った。

「刊行が遅れても大丈夫なんですか？」

「それは無理。もう広告も打っちゃっているし」

書店への告知なども済ましているという。予算配分などもあるのだろう、お尻《しり》はずらせないのだ、とそのときばかりはトーンを強めた。

「はあ。でもなんででしょう。なにが問題だったのですか？」

原稿もイラストも吉川だってＯＫを出していたはずではないか。

「それがね、せっかくだから主人公の男の子？　あれを息子さんの名前にしたいなあ、って笠原さんがね。洋服の柄も子どもの頃に息子さんが着ていたのにしたいんだって」

完成されたレイアウトをみて、急にそんな気になっちゃったみたいなんだよね、と苦笑した。

「は？」

そんな個人的な理由が罷《まか》り通るとでも思っているのか。修正も差し替えも、どれだけの人の手を煩わすと思っているのか素人の笠原には理解できないのだろう。

雛菊は人目も気にせずに、その場でぽかんと口を開ける。自分の身内に配るだけの本ならそれもいいだろう。けれどもこの本は流通し、全国の書店に並び、多くの人の手に渡るもの、それだからこれまで丁寧に作ってきたのではないのか。呆《あき》れている雛菊に追い打ちをかけるように、吉川が、

「なんとかしてやってほしいんだよねえ。ほら、笠原さんもはじめての本できっと勝手がわかってないんだよ。それに機嫌を損ねられても困っちゃうじゃない」

と甘ったるい声で委《ゆだ》ねてきた。

そんなこと知るか。なんとかするのはあなたではないか。いまさら変えられない、個人的な理由で変更するのはいかがなものか、そう諭すのが吉川の仕事ではないのか。

それなのに……。雛菊は堪《こら》えていたものが、喉《のど》に逆流するかのように、どんどんと溢《あふ》れて出てくる。この人は、大きなものにもたれ、自分の手は汚さず、いい顔をして、地位を確立していく。へらへらと笑って、封じ込めていく。こちらが反論できないのをわかっているからだ。

嫌いだ。そう思った。心から思った。こんな人のことは、嫌っても構わない。普段滅多に持たない感情だった。ただ悔しいことに、その怒りが力へと変わった。

いまからイラストレーターに連絡を取って、服の柄を書き直してもらい、原稿を直し、差し替えたものを再入稿。この人のためにやるのではない、もちろん自分の都合でわがままを通そうとする著者のためでもない。雛菊はこれまでやってきた責任感だけで、頭が動いていた。

「〆切《しめきり》に間に合うだろうか……」

夕方のラッシュ時が続いている。自動改札がピピッ、ピピッと絶え間なく音を立てていた。

「メ、ね。サバをシメて鯖寿司《さばずし》でも作ってやっか」

人のざわめきが大きくなった。しかし実際はそうではなかった。ざわざわした音は、海から聞こえる波の音のようだった。さっきまで鳴り響いていた改札の機械音は、波打ち際を飛ぶ、サギのさえずりへと変わった。

地下鉄の駅にいた。そのはずだった。けれどもここは夜の海辺だ。そして目の前には、サバトラ柄のネコが深い緑色の目を開いて、愉快そうに雛菊を見ていた。

優雅に夢を見ている場合ではない。急いで会社に戻って、作業しなくては間に合わない。

頭の中ははっきりとしていて、これが明晰夢《めいせきむ》だと理解していた。雛菊は懸命に現実に戻ろうとした。けれども、重苦しい体が、架空の海岸に雛菊を引き留めて離さなかった。

「ねえ、私、急いでいるの。ここで時間を潰《つぶ》している余裕はないのよ」

無駄とは思いながらも、長い尻尾《しっぽ》をぶるんぶるんと振っているネコに訴える。

「焦ってもなーんもいいことないぜ」

俺を見てみろ、といわんばかりに、砂浜を前脚で掘ると、その場でごろりと横になって伸びをしてみせた。

「それにな、サバは時間をかけて〆鯖にするんだからなあ」

悠長にあくびを漏らした。

「あんた、いま帰ったところで、何になるんだ。こんな遅くから仕事して徹夜？　無理だろ」

無理だ。徹夜をすれば、翌日使いものにならないのはわかっている。若い頃ならいざしらず、最近はちっとも体がついていかない。でもせめていまのうちにイラストレーターにメールだけでも送っておけば、多少は時間が稼げるのではないか。雛菊がポケットからスマホを出すと、

「無駄だよ。そんなのがここで繋《つな》がると思うか？」

いったんあげた顔をまたお腹の中に埋めた。

いまにも寝息を立てそうなネコを苦々しく眺める。悔しいけれど、このネコのいうことは正論だ。こんな時間にイラストレーターに連絡したところでメールなど見ないかもしれない。もし見たところで、すぐに作業に入るとは限らない。それに、夜を徹してまで仕事をさせても、結果的にいいものになるとは思えない。そこまでして働か

せようとするのは、自分のエゴのように感じた。

それは吉川や笠原がやっていることと何ら変わりない。雛菊は恐ろしくなって身震いした。

「ほら、ちゃんとわかってるじゃねえか」

雛菊の動作に釣られたのか、サバトラネコがぶるっと体を震わせた。やがてすっくと立ったかと思うと、すたすたと歩いていく。そう、二本足で。

「ちょっと……」

雛菊から離れていく後ろ姿に慌てて声をかけるとネコがくるりと振り向き、鼻を啜《すす》った。

「俺がなんであんたの思っていることがわかるかって？　そりゃあれだ、ここはあんたの心の中だからだ。みーんなそうさ。みんなちゃんと答えは持っているんだ。気づいていないだけで」

「みんなって誰？」

あたりを見回しても人の気配は見当たらない。

ネコは雛菊の質問には答えず、

「俺はあそこで店をやってるネコ、料理上手なネコシェフさ」

と自己紹介した。

その「店」は、古びた流木を組んだだけの簡素な小屋だった。ひっくり返したビールケースにとにかく腰を落ち着け、カウンターの奥に小さなキッチンがあるだけの店内を見回す。天井からぷらんと吊《つ》り下がった裸電球が、あたりを照らしていた。

こんなに長閑《のどか》な場所にいるのに、明日《あした》からのスケジュールのことが頭から離れない。忘れよう、切り替えようとすればするほど、不安が襲ってくる。

そんな雛菊に、ネコがせせら笑った。

「まあ、無理して忘れるこたあないよ。まずは飯だ、飯。食うに限る」

雛菊と向かい合うかたちになったネコは、二本足のまま背筋を伸ばす。一段高く底上げしたキッチンに立つと、カウンターに手を添えられる程度のほどよい高さになった。すっと息を吸い込む音が聞こえたかと思うと、一度こほんと咳払《せきばら》いした。

「鯖の旬即ちこれを食ひにけり」

レシピのことだろうかと、雛菊は続く言葉を待つ。

「虚子《きょし》」

「え？」と雛菊が聞き直すと、「高浜虚子《たかはま》の句」といってから、ネコが繰り返す。晩秋から冬にかけ、鯖は脂が乗ってくる。美味《おい》しく食べられる季節だ。秋に獲《と》れる鯖を「秋鯖」、冬に獲れる鯖を「寒鯖」とも呼ぶそうだ。けれども本来の「鯖」は夏の季語だという。つまりこの句に書かれた旬とは夏のこと。その旬の鯖をすぐに食べる、というのには理由があるのだと、ネコが旬の意味を説く。

「鯖は足が早いんよ」

もちろん鯖に足が生えているわけはない。腐りやすいという意味だ。

「だから酢で〆て食べる文化ができたんだ」と、大きな深緑色の右目をぱちりと瞑《つぶ》ってみせた。

「あんたが〆っていうからさあ。それがちょうどいい具合にな、昨日仕込んでおいたのがよ」

嬉《うれ》しそうに尻尾を振るネコを眺めながら、雛菊は「〆切に間に合うだろうか」、と自分がつぶやいた言葉を思い出す。と同時にスケジュール表が頭を占領しそうになるのを、堪《こら》えた。

ネコはそんな雛菊を気に留めることもなく、淡々と調理を進める。三枚におろした新鮮な鯖に塩をたっぷりぶり、そのまま一晩寝かせたという鯖を、じゃばじゃばと酢水で洗う。

「あとは酢と醬油《しょうゆ》に砂糖を加えた漬け酢に漬けておくだけさ」

三十分もすれば完成するから、待っていろよ、と念押しされる。塩をして一晩、酢に漬けて三十分。ゆったりと時間をかけて、美味しい〆鯖になっていく。慌てても無駄。ネコが呟《つぶや》いた言葉の意味がすでに理解できてきていた。

――焦っても仕方ない。

無駄な抵抗を諦《あきら》めたら、お腹の奥から息が吐き出た。体中の力が抜けた。いつもいつも強張《こわば》っていた背中も肩も、心までもが緩んでいく。

ネコシェフは寿司飯の準備にとりかかっているようだ。土鍋《どなべ》の火をこまめに調整しては、そのたびに鼻をぴくつかせる。

「鯖寿司って京都の名産ですよね」

雛菊の質問がよかったのか、寿司飯の酢の塩梅《あんばい》を見ていたネコの目が見開かれた。

「でも京都で鯖は獲らねえ」

市内は山で囲まれている。ではどこから鯖は来るのだろうか。

「若狭《わかさ》だよ」

考えるより先にネコが北陸にある地名をいった。若狭で獲れた鯖に塩をして、京都まで運んだ。その二地点を結ぶ道を「鯖街道」と呼ぶのだとネコシェフは解説する。

「京都に着く頃に、いい塩梅に〆鯖《しめさば》ができあがっているってことさ、ほれ、こんなふうにな」

ネコが持ち上げた鯖の背は瑞々《みずみず》しく青光りし、身は酢と塩で白っぽくなっている。

そういえばサバを漢字で書くと青という文字が使われていたっけな、と頭の中で変換した。

「効率がいいですね。距離を活《い》かして調理するなんて」

「ああ、そうだな。時間とともに美味しくなるっていうんだからさ、運んでいるだけで意味があるってことよ。すぐに食べるばかりがいいんじゃないのさ」

ある意味タイパがいい。

雛菊は自らを顧みる。自分の歩んできた道、社会に出てからは卒業もたいした進級もしてこなかった。立ち止まったままだ。

けれども鯖は足が早く腐りやすい魚だからこそ、〆るという調理法ができた。欠点を活かし、時間をかけて〆鯖ができるように、知らず知らずのうちに、同じ場所にいることで生み出される、雛菊だけのオリジナルな調理法が仕上がっているのかもしれない。

軽く酢を拭《ぬぐ》ってから、ネコは丁寧に小骨を抜いていく。薄皮を剝《む》いたら、巻き簾《す》に昆布、鯖、生姜《しょうが》と順に置き、最後に寿司飯をたっぷり載せて巻いた。ふんっ、ふんっ、と荒い鼻息が聞こえるのは、それだけ力を込めているのだろう。

「鯖は鯖街道を通って若狭から。昆布は北前船《きたまえぶね》に乗って北海道から。そうやって京都にやってきた連中が合わさって、美味しい鯖寿司《さばずし》ができあがるってことよ。ほれ、あんたの仕事もそうなんじゃないのか？」

編集者とイラストレーターとカメラマン、各々の仕事をまとめあげて仕上げるのがデザイナーの仕事だ。のびのびになったスケジュールを縮め、それぞれの意見の帳尻《ちょうじり》を合わせ、そうやって旅立たせる、それは子育てとどこか似ていなくもない。

社会になにも貢献していない、そんなことは決してない。雛菊が携わったことで、形になったもの、直接かかわらずとも、参加したことでひとつの結論が出た新雑誌の方向性、本人の希望をなんとか取り入れつつも、世間一般に受け入れられる絵本にすること、ちゃんと胸を張れる生き方をしているじゃないか。

私は働くことで社会に貢献する。稼いで収めた税金が、もしも子育てを支援する資金に使われるなら、間接的に彼らを応援することにだって繋がるのだから。

三センチほどに切り分けられた鯖寿司を口に運ぶ。分厚い鯖はほどよい塩気と酸味で、体が浄化されていくようだ。昆布の旨《うま》みや生姜も効いている。

味の感想を伝えようと、鯖寿司から目をあげると、カウンターの向こうで、ネコが水で戻した昆布を刻んでいた。かと思うと、それを徐《おもむろ》に口に運んでいる。

雛菊が目を丸くすると、

「鯖は昨日、鮮度のいいうちに俺は食ってるから気にすんな」

とあしらってから、

「昆布は胃や腸を整えるのにいいからな、たまには食っておかないと」

ぶつぶつと呟いた。

「そういえば、ネコシェフさんはサバトラ柄ですね」

雛菊がいっても、ネコは知らんぷりで、刻み昆布をむしゃむしゃいわせている。

なるほど、この店はシェフも客も一緒に食事をとるのか、雛菊は妙に納得して、こうして、自分の中にいる自分と対話をすれば、気持ちに余裕ができるんだな、と理解する。

「俺たちネコはお気に入りの自分だけの場所や散歩道を持っているのさ。その道を信じて進むんだ」

やがて食事を終えたネコシェフが自慢げに鼻を鳴らした。

「美味しかったです。ご馳走《ちそう》さまです」

鯖寿司は高級品だ。手持ちのお金が心許《こころもと》なくないか、財布を開くが、ネコはそっぽを向いたままだ。

「金はいらねえ。どうせ使わないし。気が向いたらなんか置いていってくれよ」

ポケットに手を入れると、カサッと手に触れたものがあった。取り出してみると、遊園地で配っていた風船の持ち手になっていたクラフト紙だ。よく見ると、それは小さな袋状になっていた。

雛菊は仕事の待ち時間に寄った遊園地のことを思い出す。入場ゲートで風船を配っていたスタッフが、確か、持ち手の中には植物の種が入っている、といっていた。風船に乗って飛んでいった先で種が落ちて花を咲かせるのが目的だったのだろう。

ネコは花の種は食べられない。小さすぎておもちゃにもならない。それなのに、ネコシェフは、雛菊の持っている袋に興味津々で鼻をひくつかせている。

「それ、花の種か？」

雛菊が頷《うなず》くと、深緑色の目を輝かせ、ちょうどいいや、とぶるんと尻尾《しっぽ》を振った。

「ちょうどいいって、食べるものじゃないけど……」

戸惑う雛菊には構うことなく、

「日頃のお礼にさ、ちょうどいいっていってんの」

何を分かり切ったことを、と歩み寄る。

「そこに、出してみろよ」

いわれるがままにクラフト紙を破る。カウンターにパラリと落ちた種を、瞬く間に風がさらっていった。

「あ！」

慌てて追いかけたけれど、種はもう見えなくなってしまった。振り向くと、ネコもそこからいなくなっていた。

――我が道を行け。信じてそのまま行け！

背中を押すような嗄《しゃが》れ声が聞こえた気がしたけれど、そこには風が吹いているだけだ。雛菊はそっと席を立った。


駅は変わらずに混雑していた。雛菊は自動改札を抜け、自宅に向かう地下鉄のホームに立つ。作業は明日《あした》にしよう。朝早く起きて、落ち着いてこなせばきっと間に合う。

世の中は一向に変わらない。雛菊を取り巻く環境も思うままにはならない。けれども他人の言動を非難したところでそれは同じことだ。ならば自分の心持ちを変えればいい。卒業しなくなって、自分なりに進級できたと思えるなら、それで十分。その過程でたとえば留年したっていいじゃないか。無駄なように見える時間だって、やがてその先に美味《おい》しく「〆」られる、そう信じよう。

ポケットに手を入れると、花の種が一粒だけ残っていた。

――そのまま行け!

やっぱりどこからかそんな嗄れ声が聞こえた気がし、

「ネコシェフ、サンキュ」

心の中のもうひとりの自分に声をかけた。ホームに電車が滑り込んできた。

エピローグ

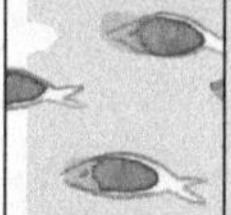

海辺の掘っ立て小屋で美味しいお魚ごはんを振る舞ってくれたネコシェフとはいったい何者だったのでしょう。
「彼」の呟《つぶや》いた言葉を集めてみると、こんなことがわかってきました。もしかしたらそれは、もうひとりのあなたなのではないでしょうか。ほら心に耳を澄ませてみてください。どこからかネコシェフの嗄れ声が聞こえてきませんか？　迷ったとき、悩んだとき、答えはちゃんとあなたの中にあるはずです。
　つつつつつ……。
　おや、目の前をふかふかのサバトラ柄のネコが通り過ぎていきました。どこかで見かけたネコのようですが、気のせいかもしれません。こんな都会の真ん中に、「彼」がいるはずもありませんよね。深緑色の目でちらっとこちらを向いたかと思うと、縞々《しましま》の尻尾をピンと立てて、悠々と歩いていきました。

さて、砂浜では淡いピンクの花が咲き乱れています。潮風に揺れ、ゆらゆらとそよいでいます。さながら海辺の花束といった様相です。

「綺麗《きれい》だなあ」

漁師はしばしば足を止め、その花に目をやります。日がのぼると、殺風景な海岸に彩りができるのですが、どうやらこれはネコシェフからいつも魚をくれる漁師や、日頃美味しい魚を育んでくれている海へのお礼のようです。

もちろんこの海辺で夜、ひっそりお店が開かれていることは、誰も知りませんけれども。

海を豊かにする活動に関しては『森は海の恋人』（畠山重篤・著　文藝春秋）、『よみがえれ、えりもの森』（本木洋子・著　高田三郎・絵　新日本出版社）を参考にさせていただきました。

　また、文中の和歌及び俳句は『古今和歌集　新潮日本古典集成』（新潮社）、『合本　俳句歳時記　第四版』（角川学芸出版）、『伊勢物語　新潮日本古典集成　新装版』（新潮社）、『俳句歳時記　夏の部』（平凡社）より引用しています。

　なお、この作品はフィクションです。実在の人物、団体等には一切関係ありません。

本書は書き下ろしです。
目次・扉デザイン／青柳奈美

ネコシェフと海辺《うみべ》のお店《みせ》

標野《しめの》 凪《なぎ》

令和６年 ２月25日　初版発行
令和６年 ５月15日　再版発行

発行者●山下直久

発行●株式会社KADOKAWA
〒102-8177　東京都千代田区富士見2-13-3
電話　0570-002-301（ナビダイヤル）

角川文庫 24026

印刷所●株式会社KADOKAWA
製本所●株式会社KADOKAWA

表紙画●和田三造

●お問い合わせ
https://www.kadokawa.co.jp/（「お問い合わせ」へお進みください）
※内容によっては、お答えできない場合があります。
※サポートは日本国内のみとさせていただきます。
※Japanese text only

ISBN 978-4-04-113989-9　C0193

◆◇◇

角川文庫発刊に際して

角　川　源　義

第二次世界大戦の敗北は、軍事力の敗北であった以上に、私たちの若い文化力の敗退であった。私たちの文化が戦争に対して如何に無力であり、単なるあだ花に過ぎなかったかを、私たちは身を以て体験し痛感した。西洋近代文化の摂取にとって、明治以後八十年の歳月は決して短かすぎたとは言えない。にもかかわらず、近代文化の伝統を確立し、自由な批判と柔軟な良識に富む文化層として自らを形成することに私たちは失敗して来た。そしてこれは、各層への文化の普及滲透を任務とする出版人の責任でもあった。

一九四五年以来、私たちは再び振出しに戻り、第一歩から踏み出すことを余儀なくされた。これは大きな不幸ではあるが、反面、これまでの混沌・未熟・歪曲の中にあった我が国の文化に秩序と確たる基礎を齎らすためには絶好の機会でもある。角川書店は、このような祖国の文化的危機にあたり、微力をも顧みず再建の礎石たるべき抱負と決意とをもって出発したが、ここに創立以来の念願を果すべく角川文庫を発刊する。これまで刊行されたあらゆる全集叢書文庫類の長所と短所とを検討し、古今東西の不朽の典籍を、良心的編集のもとに、廉価に、そして書架にふさわしい美本として、多くのひとびとに提供しようとする。しかし私たちは徒らに百科全書的な知識のジレッタントを作ることを目的とせず、あくまで祖国の文化に秩序と再建への道を示し、この文庫を角川書店の栄ある事業として、今後永久に継続発展せしめ、学芸と教養との殿堂として大成せんことを期したい。多くの読書子の愛情ある忠言と支持とによって、この希望と抱負とを完遂せしめられんことを願う。

一九四九年五月三日

角川文庫ベストセラー

メガロマニア　恩田　陸

いない。誰もいない。ここにはもう誰もいない。みんなどこかへ行ってしまった——。眼前の古代遺跡に失われた物語を見る作家。メキシコ、ペルー、遺跡を辿りながら、物語を夢想する、小説家の遺跡紀行。

夢違　恩田　陸

「何かが教室に侵入してきた」。小学校で頻発する、集団白昼夢。夢が記録されデータ化される時代、「夢判断」を手がける浩章のもとに、夢の解析依頼が入る。子供たちの悪夢は現実化するのか？

雪月花黙示録　恩田　陸

私たちの住む悠久のミヤコを何者かが狙っている……！　謎×学園×ハイパーアクション。恩田陸の魅力全開、ゴシック・ジャパンで展開する『夢違』『夜のピクニック』以上の玉手箱!!

私の家では何も起こらない　恩田　陸

小さな丘の上に建つ二階建ての古い家。家に刻印された人々の記憶が奏でる不穏な物語の数々。キッチンで殺し合った姉妹、少女の傍らで自殺した殺人鬼の美少年……そして驚愕のラスト！

失われた地図　恩田　陸

これは失われたはずの光景、人々の情念が形を成す「裂け目」。かつて夫婦だった鮎観と遼平は、裂け目を封じることのできる能力を持つ一族だった。息子の誕生で、2人の運命の歯車は狂いはじめ……。

角川文庫ベストセラー

誰もいない夜に咲く　桜木紫乃

寄せては返す波のような欲望に身を任せ、どうしようもない淋しさを封じ込めようとする男と女。安らぎを切望しながら寄るべなくさまよう孤独な魂のありようを、北海道の風景に託して叙情豊かに謳いあげる。

ワン・モア　桜木紫乃

月明かりの晩、よるべなさだけを持ち寄って躰を重ねる男と女は、まるで夜の海に漂うくらげ――。どうしようもない淋しさにひりつく心。切実に生きようともがく人々に温かな眼差しを投げかける、再生の物語。

砂上　桜木紫乃

守るものなんて、初めからなかった――。人生のどん詰まりにぶちあたった女は、すべてを捨てて書くことを選んだ。母が墓場へと持っていったあの秘密さえも……。直木賞作家の新たな到達点！

ナラタージュ　島本理生

お願いだから、私を壊して。ごまかすこともそらすこともできない、鮮烈な痛みに満ちた20歳の恋。もうこの恋から逃れることはできない。早熟の天才作家、若き日の絶唱というべき恋愛文学の最高作。

一千一秒の日々　島本理生

仲良しのまま破局してしまった真琴と哲、メタボな針谷にちょっかいを出す美少女の一紗、誰にも言えない思いを抱きしめる瑛子――。不器用な彼らの、愛おしいラブストーリー集。

角川文庫ベストセラー

クローバー　島本理生

強引で女子力全開の華子と人生流され気味の理系男子・冬冶。双子の前にめげない求愛者と微妙にズレてる才女が現れた！　でこぼこ4人の賑やかな恋と日常。キュートで切ない青春恋愛小説。

波打ち際の蛍　島本理生

DVで心の傷を負い、カウンセリングに通っていた麻由は、蛍に出逢い心惹かれていく。彼を想う気持ちと不安。相反する気持ちを抱えながら、麻由は痛みを越えて足を踏み出す。切実な祈りと光に満ちた恋愛小説。

B級恋愛グルメのすすめ　島本理生

自身や周囲の驚きの恋愛エピソード、思わず頷く男女間のギャップ考察、ラーメンや日本酒への愛、同じ相手との再婚式レポート……出産時のエピソードを文庫書き下ろし。解説は、夫の小説家・佐藤友哉。

帝国の娘（上）（下）　須賀しのぶ

猟師の娘カリエは、突然、見知らぬ男にさらわれ、幽閉された。なんと、彼女を病弱な皇子の影武者に仕立て上げるのだと言う。王位継承をめぐる陰謀の渦中でカリエは……!?　伝説の大河ロマン、待望の復刊！

芙蓉千里　須賀しのぶ

明治40年、売れっ子女郎めざして自ら「買われ」、海を越えてハルビンにやってきた少女フミ。身の軽さと機転を買われ、女郎ならぬ芸妓として育てられたフミは、あっという間に満州の名物女に——!!

角川文庫ベストセラー

夜に啼く鳥は　千早　茜

少女のような外見で150年以上生き続ける、不老不死の一族の末裔・御先。現代の都会に紛れ込んだ御先は、縁のあるものたちに寄り添いながら、かつて愛した人の影を追い続けていた。

ふちなしのかがみ　辻村深月

冬也に一目惚れした加奈子は、恋の行方を知りたくて禁断の占いに手を出してしまう。鏡の前に蠟燭を並べ、向こうを見ると――子どもの頃、誰もが覗き込んだ異界への扉を、青春ミステリの旗手が鮮やかに描く。

本日は大安なり　辻村深月

企みを胸に秘めた美人双子姉妹、プランナーを困らせるクレーマー新婦、新婦に重大な事実を告げられないまま、結婚式当日を迎えた新郎……。人気結婚式場の一日を舞台に人生の悲喜こもごもをすくい取る。

きのうの影踏み　辻村深月

どうか、女の子の霊が現れますように。おばさんとその子が、会えますように。交通事故で亡くした娘を待ちわびる母の願いは祈りになった――。辻村深月が〝怖くて好きなものを全部入れて書いた〟という本格恐怖譚。

村田エフェンディ滞土録　梨木香歩

1899年、トルコに留学中の村田君は毎日議論したり、拾った鸚鵡に翻弄されたり神様の喧嘩に巻き込まれたり。それは、かけがえのない青春の日々だった……21世紀に問う、永遠の名作青春文学。